Damon Runyon · In Mindys Restaurant

DAMON RUNYON

In Mindys Restaurant

STORIES
VOM BROADWAY

HAFFMANS VERLAG

Die Geschichten von Damon Runyon erschienen seit 1929
und zum erstenmal gesammelt in »Guys and Dolls«, 1932;
es folgten weitere Sammelbände wie »Blue Plate Special«, 1934,
und »Take It Easy«, 1938.
Die vorliegende Auswahl bildet die zweite Hälfte
des 1953 zuerst im Wolfgang Krüger Verlag, Hamburg,
erschienenen Bands »In Mindy's Restaurant«,
Deutsch von Albrecht von Ihering.
Die erste Hälfte liegt vor unter dem Titel
»Schwere Jungs & leichte Mädchen«
(Haffmans 1998).

Neuausgabe

Veröffentlicht als
Haffmans-Kriminalroman Nr. 112, Sommer 1999
Umschlagbild von Nikolaus Heidelbach

Alle deutschsprachigen Rechte vorbehalten
Copyright © 1999 by Haffmans Verlag AG Zürich
Gesamtherstellung: Ebner Ulm
ISBN 3 251 30112 8

Inhalt

Erdbeben 7
Earthquake

Nichteingehaltenes Versprechen 20
Breach of Promise

Das Haus der alten Jungfer 39
The Old Doll's House

Die Entführung von Buchmacher Bob 55
The Snatching of Bookie Bob

Fräulein Pfand 73
Little Miss Marker

Zum Kämpfer geboren 96
Bred for Battle

Prinzessin O'Hara 110
Princess O'Hara

Gebt es ihnen, Yale! 132
Hold 'em, Yale!

Hymie und seine treuliebende Gattin 151
That Ever-Loving Wife of Hymie's

Tobias der Schreckliche 172
Tobias the Terrible

Erdbeben

Was mich betrifft, so habe ich nicht viel für die Blauen übrig, aber ich halte es für richtig, jederzeit höflich zu ihnen zu sein, und als Johnny Brannigan eines Freitagabends in Mindy's Restaurant erscheint und sich zu mir an den Tisch setzt, weil kein anderer Platz frei ist, da begrüße ich ihn mit einem kräftigen Hallo.

Außerdem biete ich ihm noch eine Zigarette an und sage ihm, wie erfreut ich bin, daß er so gut aussieht, obwohl er in Wirklichkeit miserabel aussieht. Er hat dicke schwarze Ränder unter den Augen, und sein Gesicht ist lauter Haut und Knochen.

Offen gestanden, Johnny Brannigan sieht ausgesprochen krank aus, und insgeheim hoffe ich, daß er was Schlimmes hat, denn meiner Meinung nach gibt es sowieso viel zu viele Blaue in der Welt, und ein paar weniger von der Sorte mag für alle Beteiligten eine gute Sache sein.

Aber ich spreche natürlich diese Hoffnung Johnny Brannigan gegenüber nicht aus, denn Johnny Brannigan gehört zum sogenannten Schießkommando und trägt bekanntlich jederzeit einen Totschläger in der Hosentasche, und außerdem hat er den Ruf, jedem Knaben, der ihm dumm kommt, damit in die Visage zu fahren, und so wie ich ihn kenne, könnte Johnny Brannigan solche Hoffnungen betreffs seiner Gesundheit für ausgesprochen kränkend halten.

Nun, das letzte Mal, daß ich Johnny Brannigan begegne, ist in Charley Bernsteins kleinem Lokal drüben in der Achtundvierzigsten, wo er mit drei anderen Blauen ist, und zwar um dort einen Burschen namens Erdbeben zu fassen, der so genannt wird, weil es seine Spezialität ist, alles kräftig zum Zittern zu bringen.

Genauer gesagt, während der Zeit, von der ich rede, bringt Erdbeben gerade die ganze Stadt dadurch zum Zittern, daß er verschiedene Mitbürger abknallt oder aufschlitzt oder ausräubert und sich auch sonst entsetzlich danebenbenimmt, und die Gerichte haben vor, ihn auf den heißen Stuhl zu verfrachten, da er für ein unerwünschtes Element der menschlichen Gesellschaft gehalten wird.

Nun, der einzige Grund, warum Brannigan Erdbeben diesmal nicht zu fassen kriegt, ist der, daß Erdbeben einen von Charley Bernsteins Tischen ergreift und mit selbigem Johnny Brannigan eins verknallt und daß Erdbeben ferner sein altbewährtes Schießeisen herauszieht und damit auf die Blauen, die mit Johnny Brannigan sind, losfeuert und diese alle Hände voll zu tun haben, Deckung vor seinen Schüssen zu suchen, so daß ihnen keine Zeit übrigbleibt, ihn zu fassen, und bevor es sich jemand versehen kann, verdrückt Erdbeben sich aus dem Lokal.

Nun, ich meinerseits verdrücke mich ebenfalls, da ich nicht scharf darauf bin, dabei zu sein, wenn Johnny Brannigan wieder zu sich kommt, da Johnny sich dann vielleicht einigermaßen beleidigt fühlt und anfangen könnte, dem ersten besten eins über den Schädel zu knallen, in der Annahme, er ist Erdbeben, gleichgültig, wer er ist, und ich sehe und höre nichts von Johnny bis heute abend bei Mindy's.

Doch inzwischen höre ich allerhand Gerüchte, daß Johnny Brannigan auf Reisen ist und nach Erdbeben Ausschau hält, denn Erdbeben bringt anscheinend, während er sich so entsetzlich danebenbenimmt, auch einem Blauen namens Mulcahy schwere Verwundungen bei. Genauer gesagt, diese Verletzungen sind so schwer, daß Mulcahy glatt abkratzt, und wenn etwas in dieser Stadt gegen das Gesetz ist, dann ist es, einem Blauen in dieser Fasson zu nahe zu treten. Jedenfalls ist es sicher, daß sich sämtliche Blauen furchtbar über so was aufregen.

Natürlich ist es in dieser Stadt durchaus ungesetzlich, irgendeinen beliebigen Mitbürger so schwer zu verletzen, daß er danach abkratzt, aber das verursacht normalerweise keine solche Aufregung, wenn es nicht mit einem Polizisten passiert, da die Stadt gewöhnliche Bürger eher erübrigen kann als gerade Polizisten.

Kurz und gut, wie ich da mit Johnny Brannigan sitze, bin ich neugierig zu erfahren, ob er Erdbeben je zu fassen kriegt, während er nach ihm Ausschau hält, und wenn ja, wie die Geschichte ausgeht, denn Erdbeben ist bestimmt keiner, mit dem ich zusammenstoßen möchte, selbst wenn ich ein Blauer bin.

Erdbeben ist ein Bursche von etwa zwei Meter zehn und wiegt gut seine zweihundertzwanzig Pfund, und jedes Pfund an ihm ist Muskel. Es ist allgemein bekannt, daß Erdbeben einer der kräftigsten Burschen in der ganzen Stadt ist, denn anscheinend arbeitet er früher einmal in einer Gießerei, und da holt er sich alle die Muskeln. Sicher ist, Erdbeben zeigt jederzeit gerne, wie kräftig er ist, und um dies zu zeigen, ist es eine seiner Gewohnheiten, mit jeder Hand je einen ausgewachsenen Mann beim Kragen zu packen und sie dann beide in der Luft über seinem Kopf ausgestreckt hochzuhalten.

Manchmal, wenn es ihm zu dumm wird, sie ausgestreckt über dem Kopf hochzuhalten, knallt er sie kurzerhand auf den Boden, besonders wenn es sich um Blaue handelt, oder mitunter schlägt er sie auch mit den Köpfen zusammen und läßt sie mit äußerst geschwollenen Schädeln liegen. Wenn er mal wirklich guter Laune ist, dann denkt sich Erdbeben nichts dabei, in ein Nachtlokal hineinzuspazieren und alles kurz und klein zu schlagen und dann die einzelnen Stücke auf die Straße hinauszuschmeißen, desgleichen den Besitzer und die Kellner und manchmal auch ein paar Gäste. Es läßt sich also leicht ersehen, daß Erdbeben ein äußerst unternehmungslustiger Bursche ist, der sich gern einen Spaß macht.

Was mich betrifft, so kann ich nicht einsehen, warum Erdbeben nicht eine Stelle als Kraftathlet beim Zirkus annimmt, denn es scheint so nutzlos, all diese Energie für nichts und wieder nichts zu vergeuden, doch als ich einmal Erdbeben gegenüber diesen Vorschlag erwähne, sagt er, daß schon der bloße Gedanke an regelmäßige Arbeitsstunden – wie sie beim Zirkus schließlich üblich sind – ihm einfach unerträglich ist.

Also, während wir da in Mindy's herumsitzen, würdigt mich Johnny Brannigan zuerst keines Wortes, aber schließlich sieht er mir scharf ins Auge und spricht wie folgt:

»Erinnerst du dich noch an Erdbeben?« sagt er. »Entsinnst du dich, was für ein kräftiger Junge das ist?«

»Kräftiger Junge?« sage ich zu Johnny Brannigan. »Großer Himmel, Erdbeben ist der kräftigste Bursche von der Welt. Weiß der Himmel«, sage ich, »Erdbeben ist so kräftig, daß er ein ganzes Haus allein hochheben kann.«

»Jawohl«, sagt Johnny Brannigan, »das ist durchaus richtig. Er ist so kräftig, daß er ein Haus allein hochheben kann. Jawohl«, sagt er. »Erdbeben ist wirklich sehr kräftig, und da will ich dir gleich etwas von Erdbeben erzählen.

Ungefähr drei Monate nachdem Erdbeben Mulcahy fertigmacht«, sagt Johnny Brannigan, »kriegen wir einen Tip, daß er sich gerade in einer Stadt namens New Orleans aufhält, und da ich mit ihm persönlich bekannt bin, werde ich dorthin geschickt, um ihn beim Wickel zu nehmen. Doch als ich nach New Orleans komme, verdrückt sich Erdbeben schon wieder, und zwar ohne eine Nachsendeadresse zu hinterlassen.

Also, einige Tage lang kann ich keine Spur von ihm entdecken, und es sieht ganz so aus, als ob ich der Dumme bin, da treffe ich zufällig einen Burschen namens Soldaten-Saul aus Greenwich Village. Soldaten-Saul bleibt in New Orleans hängen – wegen der Pferderennen – und ist hochbeglückt, einen Freund aus der alten Heimat zu treffen, und ich bin auch ganz froh, daß ich ihn treffe, weil ich mich sehr einsam in New Orleans fühle. Also, Saul kennt sich recht gut in New Orleans aus, und er führt mich überall herum, und schließlich frage ich ihn, ob er weiß, wo Erdbeben ist, und da legt Saul los.

›Tja‹, sagt er, ›Erdbeben dampft vor kurzem per Schiff nach Mittelamerika ab, mit einer Menge anderer Burschen, die da unten in irgendeine Revolution einsteigen wollen. Ich glaube‹, sagt er, ›der Ort, wo sie hingehen, heißt Nicaragua.‹

Ich telegraphiere also meiner Zentrale, und sie sagen, ich soll mich sofort hinter Erdbeben hermachen, gleichgültig, wo er ist, und die verdammte Blase zu Hause scheint auch noch dumme Fragen stellen zu wollen, wie zum Beispiel, was für eine Polizei wir eigentlich haben, und warum nicht bereits irgend jemand wegen irgend etwas verhaftet ist.

Ich segle also auf einem Obstdampfer los und komme schließlich nach diesem verdammten Nicaragua und dann nach einem Ort, der sich Managua nennt.

Kurz und gut, ich laufe ungefähr eine Woche lang überall herum auf der Suche nach Erdbeben, aber ich kann weder Stiel noch Stengel von ihm finden und glaube fast schon, daß Soldaten-Saul mich für blöde verkauft.

In diesem Managua ist es ziemlich heiß, und eines schönen Nachmittags, als ich schon müde bin von dem langen Suchen nach Erdbeben, gehe ich in einen kleinen Park im Zentrum der Stadt, wo viele schattige Bäume sind. Es ist ein sehr hübscher Park, obwohl sie so etwas da unten eine Plaza nennen, und schräg gegenüber dieser Plaza ist ein großes, altes zweistöckiges Gebäude, das ein Kloster zu sein scheint, denn aus einem Tor, das anscheinend der Haupteingang ist, sehe ich eine Menge Nonnen und kleine Schulmädchen rein- und rausgehen.

Eines Nachmittags, als ich wieder auf der kleinen Plaza sitze, kommt ein großer Kerl in einem zerknitterten weißen Anzug daher und setzt sich auf eine andere Bank, nicht weit von mir, und ich bin allerhand überrascht zu sehen, daß es niemand anders als Erdbeben ist.

Er sieht mich zuerst nicht, und er weiß natürlich nichts von meiner Anwesenheit, bis ich zu ihm hinübergehe und meinen Totschläger herausnehme und ihm damit eins überhaue, daß er O-Beine kriegt, denn, so wie ich Erdbeben kenne, hat es keinen Zweck, bei ihm mit einem Händedruck anzufangen. Ich schlage ihn übrigens nicht allzu hart, doch hart genug, um ihn für etwa eine Minute bewußtlos zu machen, während welcher Zeit ich ihm Handschellen anlege.

Na gut, als er die Augen wieder aufmacht, erhebt Erdbeben den Blick zu den Bäumen hinauf, als glaube er, ihm sei vielleicht eine Kokosnuß aufs Haupt gefallen, und es dauert einige Minuten, bis er mich erkennt, und dann springt er auf und macht ein furchtbares Getöse und benimmt sich so, als mißfalle ihm die ganze Geschichte allerhand. Aber dann sieht er, daß er die Handschellen anhat, und daraufhin setzt er sich wieder hin und spricht wie folgt:

›Hallo, Blauer‹, sagt Erdbeben, ›seit wann bist du denn da?‹

Ich erzähle ihm, wie lange ich schon da bin und was

für Unannehmlichkeiten er mir dadurch macht, daß er so wenig in Erscheinung tritt, und Erdbeben sagt, der Tatbestand ist der, daß er irgendwo im Urwald mit einer Menge Kumpanen ist, die krampfhaft versuchen, eine Revolution auf die Beine zu stellen, aber sie sind so langweilig und fallen ihm schließlich auf die Nerven, und so kommt er allein in die Stadt zurück.

Kurz und gut, schließlich plaudern wir sehr vergnüglich über dieses und jenes, und obgleich Erdbeben erst ein paar Monate von zu Hause weg ist, ist er sehr interessiert an allem, was in New York passiert, und er stellt mir allerhand Fragen, und ich erzähle ihm, daß überall in der Stadt die Qualität geistiger Getränke besser wird.

›Übrigens, Erdbeben‹, sage ich, ›sie halten oben in Sing-Sing einen schön vorgewärmten Sessel für dich bereit.‹

›Tja, Blauer‹, sagt Erdbeben, ›die Sache mit Mulcahy tut mir aufrichtig leid. Offen gestanden, die ganze Sache ist eigentlich nur ein unglückliches Versehen. Ich will ihn ja gar nicht runterknallen. Ich ziele in Wirklichkeit auf einen anderen Burschen, Blauer‹, sagt er, ›und zwar auf dich.‹

In diesem Augenblick scheint sich die Bank unter mir zu bewegen, und plötzlich finde ich mich auf dem Erdboden sitzen, und auch der Erdboden unter mir scheint sich von mir wegzubewegen, und ich höre hier und da laute, schmetternde Geräusche und ein großes Getöse, und zuerst glaube ich, daß Erdbeben wieder mal die Dinge kräftig zum Zittern bringt, bis ich ihn ungefähr zwanzig Meter von mir entfernt ebenfalls auf dem Boden ausgestreckt liegen sehe.

Ich komme wieder auf die Beine, aber der Grund und Boden unter mir sinkt und zittert immer noch, und ich kann mich kaum hinüberschleppen zu Erdbeben, der nunmehr entrüstet dasitzt und mich anredet, sobald er mich sieht.

›Was mich persönlich angeht‹, sagt er, ›so halte ich es für sehr gemein von dir, mir eins in die Rippe zu versetzen, während ich gerade den Rücken kehre.‹

Ich mache ihm also klar, daß ich ihm keinen in die Rippen versetze und daß wir, soviel ich sehen kann, überrascht werden von etwas, nach dem er benannt ist, nämlich einem Erdbeben, und jeder, der sich in der Gegend umsieht, muß erkennen, daß dies den Tatsachen entspricht, denn da, wo eben noch ansehnlich große Bauten stehen, erheben sich jetzt dicke Staubwolken aus Stößen von Holz und Stein, und Männer, Frauen und Kinder rennen in alle Richtungen.

Da blicke ich zufällig auf das Kloster gegenüber, und ich kann sehen, daß es so ziemlich in Trümmern ist und mit jeder Minute mehr in Trümmer fällt, denn die Mauern schwanken hin und her, und sie schwanken mehr her als hin. Außerdem kann ich auch fürchterliches Gekreische aus dem Innern des alten Gebäudes hören.

Dann bemerke ich, daß die eine Seite des Gebäudes, wo der Haupteingang zum Kloster zu sein scheint, bereits futsch ist, nur der Torbogen klafft noch offen, und hier muß ich mich etwas näher über diesen Torweg auslassen, da er in dem, was noch kommt, eine ziemliche Rolle spielt. Ursprünglich ist es ein ziemlich breiter Torweg, der in einem schweren Holzrahmen an der einen Seite des steinernen Gebäudes eingebaut ist und oben einen Holzbogen hat, und die Mauer um den Torweg herum scheint von oben und von den Seiten her nachzugeben, so daß der Torweg nunmehr ein auf den Kopf gestelltes V bildet, wobei der Holzrahmen sich biegt, aber noch nicht bricht.

Soviel ich sehen kann, ist dieser Torweg der einzige Zugang zu dem Kloster, der noch nicht von den fallenden Steinen und Hölzern verrammt ist, aber auch dieser Zugang wird todsicher bald zu sein, und da spreche ich zu Erdbeben wie folgt:

›Erdbeben‹, sage ich, ›da sind noch eine Menge Nonnen und Kinder in dem Laden da drüben, und nach dem Kreischen da drin zu urteilen, sind einige von ihnen noch quicklebendig. Aber‹, sage ich, ›in ein paar Minuten werden sie wahrscheinlich nicht mehr so quicklebendig sein, denn die Mauern sind im Umkippen und machen Gelee aus ihnen.‹

›Weiß der Himmel‹, sagt Erdbeben und wirft einen Blick auf das Kloster, ›was du da sagst, scheint zu stimmen. Nun, Blauer‹, sagt er, ›was ist in einer solchen Situation zu machen?‹

›Hör zu‹, sage ich, ›ich sehe eine Chance, ein paar Leutchen da herauszufischen, wenn du mir behilflich bist, Erdbeben‹, sage ich. ›Stimmt es, daß du ein kräftiger Kerl bist?‹

›Kräftig?‹ sagt Erdbeben, ›Teufel noch eins‹, sagt er. ›Du weißt doch, ich bin wahrscheinlich der stärkste Mann auf der ganzen Welt.‹

›Erdbeben‹, sage ich, ›siehst du den Torweg da drüben? Also, Erdbeben, wenn du dich kräftig genug fühlst, diesen Torweg auseinanderzuhalten und ihn vor dem Einstürzen zu bewahren, dann werde ich hineinschlüpfen und alle Nonnen und Kinder, die noch am Leben sind, herausexpedieren.‹

›Teufel noch eins‹, sagt Erdbeben, ›das ist der beste Einfall, den ich je von einem Blauen höre. Also los‹, sagt er, ›ich halte den Torweg auseinander, meinetwegen bis nächste Weihnachten.‹

Daraufhin hält Erdbeben mir seine Fäuste hin, und ich entsichere die Handschellen. Dann läuft er zum Torweg des Klosters hinüber und ich hinter ihm her.

Der Torweg schließt sich jetzt zusehends unter dem Gewicht der Steinmassen, die gegen den Holzrahmen drücken, und als wir dort anlangen, wird der auf dem Kopf stehende Buchstabe V von oben bis unten so eng, daß es Erdbeben allerhand zu schaffen macht, sich in den noch verbleibenden Zwischenraum hineinzuzwängen.

Doch der gute Erdbeben zwängt sich hinein, das Gesicht nach innen gerichtet, und als er erst einmal drin ist, stößt er von beiden Seiten gegen den Torrahmen, und jetzt wird mir sofort und unwiderruflich klar, wie Erdbeben zu seinem Ruf als dem stärksten Mann der Welt kommt. Der Torweg erweitert sich wieder, und während er sich erweitert, spreizt Erdbeben seine Beine mehr und mehr auseinander, so daß bald ein ziemlicher Zwischenraum zwischen seinen Beinen entsteht. Sein Kopf ist so weit vornübergebeugt, daß sein Kinn fast auf dem Brustkorb zu ruhen kommt, denn Erdbebens Hals und Schultern haben allerhand Gewicht zu tragen, und – ehrlich gestanden – er erinnert mich in diesem Augenblick an die Bilder eines Burschen namens Atlas, der die Welt auf seinen Schultern trägt.

Ich schlüpfe also durch die Öffnung, die seine ausgespreizten Beine bilden, um mich auf die Suche nach den Nonnen und Kindern zu begeben. Die meisten sind in einem großen Raum im Erdgeschoß des Gebäudes, und sie sind alle zusammengepfercht und kreischen im Chor.

Ich mache ihnen ein Zeichen, mir zu folgen, und dann führe ich sie zurück über die Trümmer und durch die große Halle zu der Stelle, wo Erdbeben den Torweg auseinanderhält, und ich möchte hier ausdrücklich festhalten, daß er das wirklich großartig macht.

Doch der Druck des Gewichtes auf Erdbebens Schultern muß ihm wirklich mehr und mehr zu schaffen machen, denn seine Schultern beugen sich schon leicht unter der Last, und sein Kinn langt jetzt fast unten beim Magen an, und sein Gesicht ist purpurrot.

Es gelingt mir schließlich, fünf Nonnen und fünfzehn Kinder durch Erdbebens auseinandergespreizte Beine auf die Straße hinauszubugsieren. Eine alte

Nonne weigert sich, zwischen Erdbebens Beinen durchzuschlüpfen, und aus den Zeichen, die sie mir mit den Händen macht, entnehme ich schließlich, daß noch mehr Kinder im Kloster sind und daß ich die auch noch herausholen soll.

Nun, ich kann sehen, daß jeder weitere Aufschub Erdbeben auf eine etwas zu harte Probe stellen, ihn vielleicht ein wenig verärgern könnte, und ich spreche daher zu ihm wie folgt:

›Erdbeben‹, sage ich, ›du siehst mir ein bißchen schlapp und ausgesprochen müde aus. Alsdann‹, sage ich, ›wenn du jetzt abtreten willst, dann halte ich den Torweg eine Weile auseinander, und du gehst mit der Nonne und holst den Rest der Kinder heraus.‹

›Blauer‹, sagt Erdbeben, von der Brust herauf sprechend, weil er den Kopf nicht mehr richtig hochkriegt, ›ich kann diesen Torweg mit meinen zwei kleinen Fingern auseinanderhalten, solange nicht einer verstaucht ist, also mach ruhig weiter und hol die anderen heraus.‹

Ich lasse mich also von der Nonne in einen anderen Teil des Gebäudes führen, wo sie, wie ich annehme, die restlichen Kinder vermutet, und wie sich herausstellt, ist die Vermutung der alten Nonne richtig, aber ein Blick genügt, um zu sehen, daß es keinen Sinn mehr hat, diese Kinder herauszuschaffen.

So gehen wir zu Erdbeben zurück, und als er uns über den Schutt näher kommen hört, da hebt er sein Gesicht etwas hoch und sieht mich an, und ich kann sehen, wie ihm der Schweiß vom Gesicht runterläuft und ihm die Augen heraustreten, und es ist leicht zu sehen, daß er äußerst aufgeregt ist. Als ich ganz dicht bei ihm stehe, spricht er zu mir wie folgt:

›Bring sie schleunigst raus‹, sagt er, ›bring die Olle raus.‹

Ich stoße also die alte Nonne zwischen Erdbebens ausgespreizten Beinen hindurch ins Freie, und ich bemerke, daß nicht mehr so viel Zwischenraum zwischen den Beinen ist, und ich denke also, daß die verflixten Beine langsam nachgeben. Dann richte ich das Wort an Erdbeben:

›Also, Erdbeben‹, sage ich, ›jetzt ist für dich und mich der Moment gekommen, uns aus dem Staube zu machen. Ich werde zuerst hinausgehen‹, sage ich, ›und dann kannst du dich vorsichtig freimachen, und dann werden wir uns nach Mitteln und Wegen umsehen, wie wir am besten nach New York zurückkommen, denn in der Zentrale werden sie sich schon Sorgen um uns machen.‹

›Hör zu, Blauer‹, sagt Erdbeben daraufhin, ›ich werde bestimmt hier niemals heil herauskommen. Wenn ich mich auch nur einen Zentimeter vorwärts oder einen Zentimeter rückwärts bewege, dann stürzt der ganze Laden über mir zusammen. Aber, Blauer‹, sagt er, ›bevor ich mich auf diese Kiste einlasse, ist mir vollkommen klar, daß meine Chancen, hier wieder rauszukommen, tausend zu eins gegen mich stehen, du mußt also nicht denken, daß ich in diese Falle gehe, ohne es vorher zu wissen. Meiner bescheidenen Ansicht nach‹, sagt Erdbeben, ›ist es immer noch besser als der elektrische Stuhl. Ich kann es nur noch ein paar Minuten aushalten‹, sagt er, ›und du tätest besser daran, nach draußen zu gehen.‹

Ich springe also zwischen Erdbebens Beinen hindurch ins Freie, weil ich taxiere, daß ich draußen besser dran bin als drinnen, gleichgültig was geschieht, und als ich draußen bin und dastehe und mir Erdbeben ansehe, da frage ich mich, was ich mit ihm machen soll. Doch ich kann sehen, daß er recht hat, wenn er sagt, der ganze Laden wird einstürzen, sobald er sich auch nur einen Zentimeter vorwärts oder rückwärts bewegt, und es scheint, daß sich da wirklich nicht viel machen läßt.

Dann höre ich, wie Erdbeben mich ruft, und ich trete ganz dicht an ihn heran, so daß ich ihn verstehen kann.

›Blauer‹, sagt er, ›sag Mulcahys Familie, daß es mir leid tut. Und vergiß nicht, daß du dein Leben, was immer es dir wert ist, dem alten Erdbeben verdankst. Ich kann immer noch nicht ganz begreifen, warum ich nicht in dem Augenblick, wo du die olle Nonne hinausbugsierst, meinen ursprünglichen Plan ausführe und den ganzen Laden fallen lasse und dich dahin mitnehme, wo immer ich jetzt hingehe. Vielleicht‹, sagt er, ›leide ich auch schon an Herzerweichung. Also, leb wohl, Blauer‹, sagt er.

›Leb wohl, Erdbeben‹, sage ich und mache mich davon. –

So«, sagt Johnny Brannigan, »jetzt weißt du Bescheid über Erdbeben.«

»Nun«, sage ich, »das ist wirklich eine scheußliche Geschichte, Johnny. Doch«, sage ich, »wer sagt dir, daß Erdbeben nicht immer noch mit der Last auf seinen Schultern an derselben Stelle steht, wo du ihn zurückläßt, denn Erdbeben ist ein unerhört kräftiger Kerl.«

»Jawohl«, sagt Johnny Brannigan, »er ist wirklich ein unerhört kräftiger Junge. Aber«, sagt er, »wie ich im Weggehen bin, da kracht ein neuer Erdstoß los, und als ich mich wieder vom Boden erhebe und auf das Kloster zurückblicke, da kann ich sehen, daß nicht einmal Erdbeben kräftig genug ist, um diesem Stoß standzuhalten.«

Nichteingehaltenes Versprechen

Eines Tages läßt mir eine gewisse Persönlichkeit namens Richter Goldfobber, Rechtsanwalt von Beruf, die Nachricht zukommen, daß ich in seinem Büro am unteren Broadway vorsprechen soll, und obwohl ich sonst nicht viel für Rechtsanwälte übrig habe, will es der Zufall, daß Richter Goldfobber ein alter Freund von mir ist, und ich gehe also hin.

Richter Goldfobber ist natürlich gar kein Richter, er ist niemals ein Richter, und bei mir steht es hundert zu eins gegen ihn, daß er jemals ein Richter ist, aber er wird mit Richter angeredet, weil es ihm Vergnügen bereitet, und jeder tut Richter Goldfobber gern einen Gefallen, weil er einer der ausgekochtesten Rechtsanwälte hierzulande ist, und es scheint kaum menschenmöglich, wie viele heiße Kastanien er für verschiedene Mitbürger aus dem Feuer holt. Es grenzt an Wunder, wie er Leute vor dem Kittchen bewahrt, und er vollbringt wahre Zauberkunststücke, wenn es sich darum dreht, sie wieder aus dem Kittchen rauszukriegen, wenn sie bereits drin sind.

Ich persönlich habe niemals Verwendung für die beruflichen Dienste von Richter Goldfobber, da ich ein ordnungsliebender Bürger bin, und ich bin prinzipiell gegen Leute, die das Gesetz brechen, doch ich kenne den Richter nun schon seit vielen Jahren. Ich kenne ihn aus Nachtlokalen und ähnlichen Mausefallen, denn Richter Goldfobber ist ein Mann, der sich in solchen Spelunken gern unter das Publikum mischt, da er dort eine Menge Praxis und mitunter auch eine nette Puppe aufgabelt.

Als ich bei Richter Goldfobber vorspreche, führt er

mich gleich in sein Privatbüro und fragt mich, ob ich ihm ein paar bedürftige Leute namhaft machen kann, die gerade arbeitslos sind und sich gerne etwas verdienen wollen, und wenn ja, sagt Richter Goldfobber, dann kann er ihnen eine erstklassige Position verschaffen.

»Natürlich«, sagt Richter Goldfobber, »ist es keine Dauerposition, sondern lediglich eine Gelegenheitsarbeit, aber die betreffenden Persönlichkeiten müssen äußerst zuverlässige Persönlichkeiten sein, auf die auch in kniffligen Situationen Verlaß ist. Der Auftrag ist für außerhalb und erfordert großen Takt – und«, fügt er hinzu, »einige Courage.«

Nun, ich bin drauf und dran, Richter Goldfobber zu sagen, daß ich kein Stellenvermittler bin, und will mich gleich wieder verziehen, denn aus dem Ton, in dem er sagt, daß es Persönlichkeiten sein müssen, auf die auch in kniffligen Situationen Verlaß ist, kann ich mir an den fünf Fingern abzählen, daß der Auftrag todsicher nicht ohne knifflige Situationen abgeht, und es ist nicht meine Art, meine Freunde in knifflige Situationen hineinzubugsieren.

Aber wie ich mich schon zum Gehen wende, da sehe ich aus dem Fenster hinaus, und da kann ich jenseits des Flusses Brooklyn in der Ferne liegen sehen, und während ich so nach Brooklyn hinübersehe, denke ich an gewisse Persönlichkeiten da drüben, die meiner Ansicht nach schwer unter der Arbeitslosigkeit zu leiden haben. Ich denke da an Harry das Roß, Spanier-John und Klein-Isidor, und der Grund, daß sie meiner Ansicht nach so schwer unter der Arbeitslosigkeit leiden, ist der, daß es jetzt bei der großen Depression, wo keiner Arbeit hat und keiner Geld verdient, auch keinen gibt, den sie ausräubern können, und wenn sie niemanden zum Ausräubern haben, dann müssen Harry das Roß, Spanier-John und Klein-Isidor zwangsläufig besonders hart von der Depression betroffen sein.

Ich erwähne also die Namen dieser Persönlichkeiten zu Richter Goldfobber und spreche mich des weiteren sehr lobend über ihre Zuverlässigkeit in kniffligen Situationen aus, wie auch über ihre Courage, obgleich ich sie in punkto Taktgefühl mit gutem Gewissen nicht empfehlen kann, und Richter Goldfobber ist hocherfreut, da er schon oft von Harry dem Roß, Spanier-John und Klein-Isidor hört.

Er fragt mich nach ihrer Adresse, aber natürlich weiß niemand genau, wo Harry das Roß, Spanier-John und Klein-Isidor eigentlich wohnen, weil sie keine feste Adresse haben. Ich rede also etwas von einer kleinen Kaschemme in der Clinton Street, wo er sie vielleicht schnappen kann, und dann verziehe ich mich schnellstens, weil ich fürchte, Richter Goldfobber ersucht mich noch, ihnen eine Nachricht von ihm zu überbringen, und wenn es auf dieser Welt Leute gibt, denen ich keine Nachrichten überbringen will und denen ich überhaupt am liebsten aus dem Weg gehe, dann sind es Harry das Roß, Spanier-John und Klein-Isidor.

Daraufhin höre ich mehrere Wochen nichts mehr von der Angelegenheit, aber eines Abends, als ich in Mindy's Restaurant am Broadway sitze und mir gerade etwas kalten Borscht – eine höchst erfrischende Sache in so heißem Wetter, wie wir es jetzt haben – zu Gemüte führe, wer taucht da plötzlich auf? Niemand anders als Harry das Roß, Spanier-John und Klein-Isidor, und meine Überraschung ist so groß, daß mir etwas von meinem kalten Borscht in die falsche Kehle läuft und ich daran beinahe zu Tode ersticke.

Sie scheinen jedoch recht freundlich gestimmt zu sein, und Harry das Roß klopft mir sogar auf den Rükken, um mich damit vor dem Ersticken zu bewahren, und obwohl er so fest hinhaut, daß er mir fast das Rückgrat bricht, halte ich es doch für eine höfliche Geste seinerseits, und sobald ich wieder sprechen kann, rede ich wie folgt:

»Harry«, sage ich, »es ist ein Privileg und ein Vergnügen, dich wiederzusehen, und ich hoffe zuversichtlich, daß ihr mir bei etwas kaltem Borscht Gesellschaft leistet, den ihr bestimmt sehr gut finden werdet.«

»Nein«, sagt Harry, »ich mache mir nichts aus kaltem Borscht. Wir sind auf der Suche nach Richter Goldfobber. Läuft dir Richter Goldfobber letzthin irgendwo in die Quere?«

Nun, die Tatsache, daß Harry das Roß, Spanier-John und Klein-Isidor auf der Suche nach Richter Goldfobber sind, wirkt irgendwie beunruhigend auf mich, und ich denke schon, vielleicht geht etwas schief mit dem Auftrag, den Richter Goldfobber ihnen verschafft, und sie wollen sich jetzt Richter Goldfobber kaufen, aber da ergreift Harry das Roß schon das Wort.

»Übrigens, bevor ich es vergesse«, sagt er, »wir möchten dir noch herzlich danken für den Auftrag, den du uns verschaffst. Hoffentlich können wir uns eines Tages revanchieren. Es ist ein hochinteressanter Auftrag«, sagt Harry, »während du deinen kalten Borscht verarztest, werde ich dir alles im einzelnen erzählen, damit du verstehst, warum wir mit Richter Goldfobber zu reden haben.

Wie sich herausstellt«, erzählt Harry das Roß, »ist der Auftrag nicht für Richter Goldfobber persönlich, sondern für einen seiner Klienten, und der Klient ist niemand anders als Mr. Jabez Tuesday, der reiche Millionär, dem die Tuesday-Kette von Automatenrestaurants gehört, wo viele Leute ihre Mahlzeiten einnehmen und sich selber bedienen. Richter Goldfobber sucht uns persönlich in Brooklyn auf und schickt mich mit einem Einführungsschreiben zu Mr. Jabez Tuesday, damit Mr. Tuesday mir persönlich auseinandersetzen kann, was er von mir will, denn Richter Goldfobber ist ein viel zu gerissener Bursche, um solche Angelegenheiten selbst mit mir zu besprechen.

Soviel ich weiß, hat Richter Goldfobber vielleicht keine Ahnung davon, was Mr. Jabez Tuesday von mir will, obwohl ich sechs zu fünf wette, daß Richter Goldfobber nicht annimmt, Mr. Jabez Tuesday will mich als Kassierer für eins seiner Automatenrestaurants engagieren.

Jedenfalls besuche ich Mr. Tuesday in einem Hotel auf der Fifth Avenue, wo er wohnt und eine prima Zimmerflucht hat, aber Mr. Tuesday imponiert mir überhaupt nicht, da er sich immerzu räuspert und stottert, ehe er endlich damit herausrückt, um was für einen Auftrag es sich eigentlich dreht. Er ist ein kleiner Kerl, schon leicht vertrocknet, mit einer Glatze und einem kleinen Schnurrbart auf der Oberlippe, und er trägt eine Brille und scheint etwas nervös zu sein.

Nun, es dauert eine ganze Weile, ehe er zur Sache kommt und mir auseinandersetzt, was ihn bedrückt und was er erledigt haben will, und dann klingt es auf einmal furchtbar einfach, und ehrlich gestanden, es klingt so einfach, daß Mr. Tuesday mir reichlich albern vorkommt, als er mir sagt, er wird mir zehn Mille für die Erledigung des Auftrags bezahlen.

Mr. Tuesday will, daß ich ihm einige Briefe verschaffe, die er persönlich schreibt, und zwar an ein Dämchen namens Fräulein Amelia Bodkin, die in einer Villa bei Tarrytown lebt, denn Mr. Tuesday macht anscheinend in diesen Briefen einige unvorsichtige Bemerkungen, die ihm jetzt schon leid tun, wie zum Beispiel Bemerkungen bezüglich Liebe, Heirat und dergleichen, und er befürchtet, sie wird ihn wegen Nichteinhaltung eines Versprechens verklagen.

›So etwas wird mir sehr peinlich sein‹, sagt Mr. Jabez Tuesday, ›da ich im Begriff stehe, mich mit einer Persönlichkeit aus einer der feudalsten Familien im Lande zu verheiraten. Es stimmt zwar‹, sagt Mr. Tuesday, ›daß die Familie Scarwater nicht mehr so viel Geld wie ehedem hat, aber es besteht kein Zweifel über ihre Feudalität, und meine Verlobte, Fräulein Valerie Scarwater, ist von allen die feudalste. Sicher ist‹, sagt er, ›sie ist so feudal, daß sie wahrscheinlich sehr eingeschnappt sein wird, wenn jemand mich wegen Nichteinhaltung eines Versprechens verklagt und die ganze Sache auffliegen läßt‹.

Nun, daraufhin frage ich Mr. Tuesday, was Nichteinhaltung eines Versprechens eigentlich bedeutet, und er erklärt mir: wenn jemand jemandem verspricht, etwas zu tun, und es dann doch nicht tut – aber wir haben natürlich in Brooklyn einen anderen Namen für ein solches Ding und handeln in solchen Fällen entsprechend.

›Es ist eine sehr leichte Aufgabe für eine Persönlichkeit Ihres Ranges‹, sagt Mr. Tuesday. ›Fräulein Bodkin lebt allein in ihrer Villa am äußersten Ende von Tarrytown, mit Ausnahme von ein paar Dienstboten, und diese sind ältlich und harmlos. Die Sache ist nun die‹, sagt er, ›daß Sie sich in ihre Villa begeben, nicht als ob Sie hinter den Briefen her sind, sondern als ob Sie hinter etwas anderem her sind, wie zum Beispiel ihrem Silber, das recht antik und sehr wertvoll ist.

Sie bewahrt die Briefe in einem großen Einlegekasten in ihrem Schlafzimmer auf‹, fährt Mr. Tuesday fort, ›und wenn Sie den großen Kasten so ganz nebenbei aufpicken und zusammen mit dem Silber wegschleppen, dann wird keiner je vermuten, daß Sie hinter den Briefen her sind, sondern glauben, Sie nehmen den Kasten bloß in der Annahme mit, er enthalte Wertsachen. Dann bringen Sie mir die Briefe und kassieren die zehn Mille‹, sagt Mr. Tuesday, ›und‹, fügt er noch hinzu, ›Sie können dazu auch noch das Silber behalten. Vergessen Sie bloß nicht, mit dem Silber auch eine Paul-Revere-Teekanne mitzunehmen‹, sagt er, ›sie ist allerhand wert.‹

›Gut‹, sage ich zu Mr. Tuesday, ›jeder kennt natürlich sein eigenes Geschäft am besten, und ich will mich um Gottes willen nicht um einen netten, einfachen Auftrag bringen, aber‹, sage ich, ›mir scheint, der beste Weg, diese Transaktion durchzuführen, ist, dem Dämchen die Briefe abzukaufen, und damit basta. Ich persönlich glaube nicht‹, sage ich, ›daß es in der ganzen Welt ein Dämchen gibt, das, besonders in diesen schweren Zeiten, nicht für zehn Mille ein ganzes Postamt voller Briefe abstoßen und nicht noch Shakespeares gesammelte Werke als Zugabe mit hineinschmeißen wird.‹

›Nein, nein‹, sagt Mr. Tuesday, ›ein solches Vorgehen ist im Falle von Fräulein Amelia Bodkin nicht das richtige. Sie müssen bedenken‹, sagt er weiter, ›daß Fräulein Bodkin und ich seit einigen fünfzehn oder sechzehn Jahren sehr, sehr eng befreundet sind. In der Tat, wir sind wirklich sehr eng befreundet. Sie hat zur Zeit noch keine Ahnung, daß ich diese Freundschaft abzubrechen gedenke. Nun‹, sagt er, ›falls ich ihr die Briefe abzukaufen versuche, dann mag sie Verdacht schöpfen. Der springende Punkt ist nämlich‹, sagt er, ›daß ich erst die Briefe kriege, ihr dann den Abbruch der Freundschaft verkünde und hinterher alle weiteren Abmachungen mit ihr treffe.

Sie müssen Fräulein Amelia Bodkin nicht mißverstehen‹, fährt Mr. Tuesday fort. ›Sie ist eine prachtvolle Person, aber‹, sagt er, ›Sie kennen sicher den Ausspruch: *Nur ein verschmähtes Weib ist rasender als die Hölle.* Und wer weiß, womöglich denkt Fräulein Bodkin, ich verschmähe sie, wenn sie herausfindet, daß ich im Begriff bin, Fräulein Valerie Scarwater zu heiraten, und überdies‹, sagt er, ›mag sie, solange sie im Besitz der Briefe ist, in die Hände skrupelloser Rechtsanwälte fallen und eine furchtbar große Summe dafür fordern. Aber‹, sagt Mr. Tuesday, ›das macht mir nicht halb so viel Sorge wie der Gedanke, daß Fräulein Valerie Scarwater von den Briefen erfährt und einen falschen Eindruck über meine Freundschaft mit Fräulein Amelia Bodkin erhalten kann.‹

Also trommle ich am nächsten Nachmittag Spanier-John und Klein-Isidor zusammen, und Klein-Isidor spielt gerade Siebzehn-und-vier mit einem Burschen namens Professor Edmund, der Professor Edmund genannt wird, weil er einmal auf die höhere Schule geht und darum für ein gelehrtes Haus gehalten wird, und ich bitte Professor Edmund, mit uns mitzukommen. Mir ist nämlich bekannt, daß Professor Edmund sich damit recht und schlecht durchbringt, daß er mit Klein-Isidor Siebzehn-und-vier spielt, und ich denke mir, solange ich ihm seine einzige Einnahmequelle vorübergehend entziehe, ist es nichts als einfache Höflichkeit, ihm dafür etwas anderes zukommen zu lassen. Ferner taxiere ich, daß es – da es ja in dieser Angelegenheit um Briefe geht – vielleicht nicht schlecht ist, den Professor bei der Hand zu haben für den Fall, daß ein Lesekundiger gebraucht wird, denn Spanier-John und Klein-Isidor können überhaupt nicht lesen, und ich lese nur großgedruckte Zahlen.

Wir borgen uns einen Wagen von einem Freund von mir aus der Clinton Street und fahren, mit mir am Steuer, nach Tarrytown los, einem Ort am oberen Hudson, und wegen der schönen Landschaft ist es für alle eine höchst genußreiche Fahrt. Professor Edmund, Spanier-John und Klein-Isidor sehen die Landschaft an den Ufern des Hudson zum ersten Mal in ihrem Leben, obwohl sie alle bereits einige Jährchen an den Ufern dieses wunderschönen Flusses – in Sing-Sing – residieren. Ich persönlich bin niemals in Sing-Sing, obwohl ich einmal in Auburn und einmal in Comstock bin, zwei ähnlichen Anstalten, aber die Landschaft ist dort wirklich nicht der Rede wert.

Wir erreichen Tarrytown bei einbrechender Dunkelheit und fahren die sogenannte Hauptstraße des Städtchens entlang, genau wie Mr. Tuesday mir sagt, und kommen schließlich zu der Stelle, wo ich hin will, und zwar einem kleinen Landhäuschen an einem Abhang oberhalb des Flusses, nicht weit von der Landstraße entfernt. Das kleine weiße Häuschen steht auf einem schönen Stück Grund und Boden und ist von einer niedrigen Steinmauer umgeben. Ein Fahrweg führt von der Landstraße zum Haus hinauf, und als ich das Einfahrttor zu der Fahrstraße sehe, mache ich eine scharfe Wendung, und als nächstes fahre ich mit aller Wucht in einen steinernen Torpfosten hinein, und der Wagen klappt zusammen wie eine Ziehharmonika.

Siehst du, wir beabsichtigen nämlich, das ganze Ding schnell abzuwickeln, ohne solche Kindereien, wie zum Beispiel Leute zu fesseln, und dann wieder abzudampfen, denn ich bin durchaus gegen ordinäre Hauseinbrüche oder sonstige Heimlichkeiten, da ich sie für nicht sehr würdevoll halte. Überdies dauern sie viel zu lange, und ich will also den Wagen gleich an die Vordertür fahren, da kommt mir dieser steinerne Pfosten in die Quere.

Als nächstes entsinne ich mich nur noch daran, wie ich die Augen aufschlage und mich in einem fremden Bett befinde sowie in einem fremden Schlafzimmer, und obwohl ich im Leben schon in manchen fremden Schlafzimmern aufwache, wache ich doch niemals vorher in einem so fremden Schlafzimmer wie diesem auf. Alles ist so sanft und delikat, und das einzig störende Element in meiner Umgebung ist Spanier-John, der neben meinem Bett sitzt und mich anglotzt.

Ich will natürlich wissen, was los ist, und Spanier-John erzählt mir, daß ich in der Kollision mit dem Zaunpfahl glatt ausgeknockt werde, obwohl den andern nichts passiert, und während ich auf dem Fahrweg ausgestreckt liege und mir das Blut literweise aus einem klaffenden Loch in der Visage läuft, da taucht plötzlich eine Puppe auf nebst einem älteren Burschen, der ein Butler oder sowas Ähnliches zu sein scheint, und die Puppe besteht darauf, daß sie mich ins Haus hineinschleppen und in ihrem Schlafzimmer niederlegen.

Dann, sagt Spanier-John, wäscht sie mir das Blut ab und verbindet mich, und dann fährt sie persönlich nach Tarrytown, um einen Quacksalber zu holen, der nachsehen soll, ob meine Wunden tödlich sind oder was sonst, und unterdessen versuchen Professor Edmund und Klein-Isidor, den Wagen wieder auszuflicken. Also, erzählt mir Spanier-John, sitzt er jetzt da und paßt auf mich auf, bis sie zurückkommt, obwohl mir natürlich klar ist, daß er in Wirklichkeit nur deswegen dasitzt, damit er als erster meine Taschen durchsuchen kann, für den Fall, daß ich nicht wieder zu mir komme.

Kurz und gut, während ich das alles überdenke und gespannt bin, was als nächstes geschehen wird, da erscheint eine Puppe von etwa vierzig, kräftig gebaut, aber mit einer nettaussehenden, freundlichen Larve und einem breiten Lächeln, und gleich hinter ihr steht ein Kerl, den ich sofort als einen Quacksalber erkenne, speziell darum, weil er eine kleine schwarze Tasche bei sich trägt und einen weißen Spitzbart hat. Ich wüßte von keiner netteren Puppe, vorausgesetzt, man macht sich was aus Puppen mittleren Alters, obwohl sie mir persönlich jung lieber sind, und wie sie mich mit weit geöffneten Augen daliegen sieht, da spricht sie wie folgt:

›Ach‹, sagt sie, ›ich bin so froh, daß Sie nicht tot sind, Sie armer Kerl. Aber‹, sagt sie, ›hier ist Doktor Diffingwell, und er wird nachsehen, wie schwer Ihre Verletzungen sind. Mein Name ist Fräulein Amelia Bodkin, und dies hier ist mein Schlafzimmer, und es tut mir sehr leid, daß Sie verletzt sind.‹

Nun, ich halte das natürlich für eine sehr unangenehme Situation, denn hier bin ich darauf aus, Fräulein Amelia Bodkin um ihre Briefe und ihr Silber, einschließlich der Paul-Revere-Teekanne, leichter zu machen, und da ist sie und läßt mir erstklassige Pflege angedeihen und sagt, ich tue ihr leid.

Aber da ist anscheinend nichts, was ich im Augenblick tun kann, also halte ich still, während der Quacksalber mich untersucht, und nachdem er einen Blick auf meine Fratze wirft und mich von oben bis unten abfühlt, redet er wie folgt:

›Das ist eine sehr schlimme Schnittwunde‹, sagt er. ›Ich werde sie zunähen müssen, und dann muß er ein paar Tage vollkommen ruhig liegen, sonst‹, sagt er, ›können Komplikationen auftreten. Das Beste ist, ihn sofort in ein Krankenhaus zu überführen.‹

Aber Fräulein Amelia Bodkin will absolut nichts von einer Überführung ins Krankenhaus hören. Fräulein Amelia Bodkin sagt, ich muß da bleiben, wo ich bin, und sie wird mich pflegen, denn, sagt sie, ich habe mir die Verletzung auf ihrem Grund und Boden und wegen ihres Pfostens zugezogen, und es ist daher nur recht und billig, daß sie etwas für mich tut. Nach all dem Trara, das sie wegen meiner Umquartierung macht, glaube ich schon, daß es vielleicht wieder einmal mein altbewährter Sex-Appeal ist, aber hinterher finde ich heraus, daß es nur deswegen ist, weil sie sich einsam fühlt, und wenn sie mich pflegt, hat sie doch was zu tun.

Nun, ich habe natürlich durchaus nichts dagegen, denn nach meiner Kalkulation werde ich das mit den Briefen und dem Silber auf diese Weise ganz leicht, sozusagen von innen heraus, erledigen können, und ich versuche, so zu tun, als fühle ich mich noch schlimmer, als ich mich ohnehin fühle, obwohl natürlich jeder, der noch weiß, wie ich mich mit acht Schüssen im Bauch von der Ecke Broadway und Fünfzigste bis nach Brooklyn schleppe, herzlich darüber lachen wird, daß ich wegen einer Schnittwunde in der Visage im Bett bleibe.

Nachdem der Quacksalber mit dem Zunähen fertig ist und weggeht, sage ich zu Spanier-John, er soll mit Professor Edmund und Klein-Isidor nach New York zurückfahren, aber mit mir in telephonischer Verbindung bleiben, so daß ich ihnen sagen kann, wann sie zurückkommen sollen, und dann schlafe ich ein, denn ich bin furchtbar müde. Als ich mitten in der Nacht aufwache, scheine ich Fieber zu haben und fühle mich gar nicht gut, und Fräulein Amelia Bodkin sitzt neben meinem Bett und wischt mir mit einem kalten Tuch das Blut aus der Visage, was ein wirklich angenehmes Gefühl ist.

Am nächsten Morgen fühle ich mich besser und kann mir schon etwas zum Frühstück genehmigen – sie serviert es mir auf einem Tablett –, und da dämmert mir, daß Kranksein eigentlich gar nicht so schlecht ist, besonders wenn keine Blauen bei einem am Bett stehen und einen immerzu fragen, wer einem das Ding versetzt hat.

Ich kann sehen, daß es Fräulein Amelia Bodkin Spaß macht, jemanden zu pflegen, obwohl sie natürlich – wenn sie weiß, wen sie zur Zeit pflegt – wahrscheinlich türmen und die Polizei alarmieren wird. Erst nach dem Frühstück kann ich sie dazu kriegen, sich ein bißchen aufs Ohr zu legen, und während sie weg ist, kommt der alte Knabe, der anscheinend der Butler ist, immerfort in mein Zimmer, um zu sehen, wie es mir geht.

Er ist ein schwatzhafter alter Kerl, und es dauert nicht lange, da erzählt er mir allerlei über Fräulein Amelia Bodkin, und so erzählt er mir auch, daß sie die Geliebte eines Burschen in New York ist, der an der Spitze eines großen Konzerns steht und sehr reich ist, und ich weiß natürlich gleich, daß es sich um Mr. Jabez Tuesday handelt, obwohl der alte Knabe, der anscheinend der Butler ist, diesen Namen niemals erwähnt.

›Sie sind viele Jahre zusammen‹, erzählt er mir. ›Er ist sehr arm, als sie sich zuerst kennenlernen, und sie hat etwas Geld und macht ihm ein Geschäft auf, und durch ihre geschickte Art, das Geschäft und ihn zu dirigieren, macht sie ein Riesengeschäft daraus. Das kann ich bezeugen, denn ich bin fast von Anfang an bei ihnen‹, sagt der alte Knabe. ›Sie ist eine ganz gerissene Geschäftsfrau, aber andererseits sehr gütig und nett, wenn Sie mich danach fragen.

Nun‹, fährt der alte Knabe fort, ›ich hab's nie begreifen können, warum die beiden nicht heiraten, denn es besteht kein Zweifel darüber, daß er sie und sie ihn liebt, doch Fräulein Amelia Bodkin erzählt mir einmal, der Grund ist, daß sie am Anfang arm sind und später zu beschäftigt, um an Dinge wie heiraten zu denken, und so machen sie also in dem alten Trott weiter, bis er eines Tages ganz plötzlich sehr reich ist. Danach‹, sagt der alte Knabe, ›kann ich sehen, daß er sich langsam von ihr lossagt, obwohl sie selbst es niemals merkt, und es überrascht mich nicht weiter, als er sie vor einigen Jahren zu der Einsicht bringt, daß es für sie das beste ist, sich vom Geschäft zurückzuziehen und hierher zu gehen.

Anfangs kommt er ziemlich häufig hier heraus‹, sagt der alte Knabe, ›aber nach und nach werden die Abstände zwischen seinen Besuchen immer größer, und jetzt sehen wir ihn höchstens alle Jubeljahre mal. Nun gut‹, sagt der alte Knabe, ›solche Fälle kommen im Leben öfter vor. In der Tat, ich kenne mehrere solche Fälle. Aber Fräulein Amelia Bodkin glaubt, daß er sie immer noch liebt und daß ihn nur die Geschäfte immer so lange von ihr fernhalten, und Sie können also selbst sehen, daß sie entweder nicht so gerissen ist, wie sie aussieht, oder daß sie sich selber etwas vormacht. Und jetzt‹, sagt der alte Knabe, ›werde ich Ihnen etwas Orangensaft bringen, obwohl Sie mir nicht danach aussehen, als ob Sie Orangensaft als ständige Diät sehr schätzen.‹

Ich halte daraufhin Umschau in dem Schlafzimmer, um herauszufinden, wo der Kasten ist, den Mr. Tuesday meint, aber da ist nirgends ein Kasten dieser Beschreibung in Sicht. Als Fräulein Amelia Bodkin dann abends ins Zimmer kommt und glaubt, daß ich schlafe, da zieht sie eine Schublade aus der Kommode, nimmt einen Einlegekasten heraus, setzt sich an einen Tisch und macht sich daran, in irgendwelchen alten Briefen zu lesen. Und wie sie so dasitzt und jene Briefe liest, während ich sie mit halbgeöffneten Augen beobachte, da lächelt sie manchmal, aber einmal sehe ich auch, wie kleine Tränen ihre Wangen herunterrollen.

Plötzlich schaut sie mich an und erwischt mich mit weit geöffneten Augen, und ich merke, wie ihr Gesicht rot wird, und dann spricht sie wie folgt:

›Alte Liebesbriefe‹ – und dabei streichelt sie das Köfferchen – ›von meinem einstigen Geliebten‹, sagt sie. ›Manche lese ich jede Nacht. Ist das nicht töricht und sentimental von mir?‹

Nun, ich sage Fräulein Amelia Bodkin daraufhin, daß sie ganz schön sentimental ist, aber ich sage ihr nicht, wie unbeschreiblich töricht es von ihr ist, mir zu verraten, wo sie die Briefe aufbewahrt, obwohl ich natürlich hocherfreut bin, diese Information zu besitzen. Ich erzähle Fräulein Amelia Bodkin, daß ich persönlich niemals einen Liebesbrief schreibe und auch niemals einen kriege und daß ich zwar von solchen Dingen schon vorher einmal höre, aber noch niemals einen Liebesbrief selber vor Augen habe, und wer das glaubt, wird selig. Daraufhin lächelt Fräulein Amelia Bodkin und redet wie folgt:

›Ach‹, sagt sie, ›Sie sind wirklich ein seltsamer Bursche, daß Sie nicht wissen, was ein Liebesbrief ist. Ach‹, sagt sie, ›ich glaube, ich muß Ihnen wirklich einige der schönsten Liebesbriefe, die es in dieser Welt gibt, vorlesen. Es kann nicht schaden‹, sagt sie, ›denn Sie kennen ja den Schreiber nicht, und Sie müssen ruhig daliegen und sich vorstellen, daß ich nicht alt und häßlich bin, wie Sie mich jetzt sehen, sondern ein junges Ding und vielleicht sogar ganz hübsch und fesch.‹

Fräulein Amelia Bodkin macht also einen der Briefe auf und liest ihn mir vor, und sie liest mit zarter, leiser Stimme, aber sie sieht kaum auf den Brief hin, und ich kann sehen, daß sie ihn so ziemlich auswendig kann. Ich kann ferner sehen, daß der betreffende Brief ein wirkliches Meisterwerk ist, aber wenn ich auch kein Sachverständiger in Liebesbriefen bin, denn dies ist der erste, den ich jemals höre, so möchte ich es vollkommen klarmachen, daß es nichts als großer Blödsinn ist.

›Meine einzige Geliebte‹, so heißt es in diesem Liebesbrief, ›ich denke immer noch an dich, wie ich dich gestern vor dem Haus stehen sehe und der Sonnenschein dein dunkelbraunes Haar in ein wundervolles Bronze verwandelt. Geliebte‹, heißt es weiter, ›ich liebe die Farbe deines Haares. Ich bin so selig, daß du keine Blondine bist. Ich hasse Blondinen, sie haben alle nur Stroh im Gehirn und sind so gemein und hinterlistig. Sie sind auch so übellaunig‹, heißt es weiter in dem Brief. ›Ich werde einer Blondine nie über den Weg trauen. In meinem ganzen Leben bin ich keiner Blondine begegnet, die nicht ein glatter Versager ist‹, heißt es weiter. ›Die meisten sind sowieso nichts weiter als Wasserstoff. Das Geschäft macht sich‹, heißt es schließlich. ›Wurstpreise ziehen an. Ich liebe dich ewig und immerdar, meine einzige kleine Babypuppe.‹

Nun, andere Briefe sind noch schlimmer als dieser, und in allen wird sie entweder als Geliebte oder Baby oder Liebling angesprochen und mitunter auch als Herzblättchen, Schätzchen oder Engelchen und weiß Gott was sonst noch, und in einigen ist davon die Rede, wie es sein wird, wenn sie erst verheiratet sind, und meiner Ansicht nach sind dies Mr. Jabez Tuesdays Briefe. Es leuchtet mir ein, daß sie voller Dynamit sind für einen Burschen, der sich anschickt, seiner Puppe den Laufpaß zu geben. Ich sage auch etwas in diesem Sinne zu Fräulein Amelia, eigentlich bloß um etwas zu sagen.

›Wie bitte‹, sagt sie daraufhin, ›wie meinen Sie das?‹

›Wie mir bekannt ist‹, sage ich, ›bringen derartige Dokumente unter gewissen Umständen hohe Preise.‹

Da schaut mich Fräulein Amelia Bodkin einen Augenblick fest an, als frage sie sich, was ich damit meine, und dann schüttelt sie den Kopf, als gebe sie das Fragen auf, und weiter geht es im Text wie folgt:

›Nun‹, sagt sie, ›eines ist sicher, und das ist, diese Briefe sind unter keinen Umständen, auch zu höchsten Preisen nicht, zu verkaufen, selbst wenn jemand sie haben will. Ach‹, sagt sie, ›sie sind mein größter Schatz. Sie sind Erinnerungen an die glücklichsten Tage meines Lebens. Ach‹, sagt sie, ›ich werde mich nicht für eine Million von diesen Briefen trennen.‹

Natürlich kann ich aus dieser Bemerkung ersehen, daß Mr. Jabez Tuesday bei den zehn Mille, die er mir für die Briefe bietet, einen guten Handel macht, aber ich erwähne das natürlich nicht zu Fräulein Amelia Bodkin, während ich zusehe, wie sie die Liebesbriefe wieder in das Einlegekästchen packt und das Kästchen dann in die Kommode zurücklegt. Ich danke ihr für das Vorlesen der Briefe, und dann wünsche ich ihr eine schöne gute Nacht und gehe schlafen, und am nächsten Tag rufe ich eine bestimmte Nummer in der Clinton Street an und hinterlasse dort Nachricht für Professor Edmund, Spanier-John und Klein-Isidor, daß sie mich abholen kommen, da ich vom Kranksein reichlich genug habe.

Der folgende Tag ist ein Samstag, und der darauffolgende Tag nach Adam Riese ein Sonntag, und sie besuchen mich am Sonntag und versprechen, mich am Sonntag abzuholen, da der Wagen jetzt in Ordnung ist und die Maschine wieder läuft, obwohl mein Freund aus Clinton Street nicht wenig damit angibt, daß seine Stoßstangen so verbogen sind. Aber noch ehe sie am Sonntagmorgen eintreffen, wer ist frisch und munter in einer feschen Limousine schon vor ihnen da? Niemand anders als Mr. Jabez Tuesday.

Wie er dann ins Haus hineinspaziert, geschniegelt, in Cutaway, gestreifter Hose und Zylinderhut, da reißt er Fräulein Amelia Bodkin in seine Arme und küßt sie schnurstracks mitten auf die Schnute, was mir erst später von dem alten Knaben, der anscheinend der Butler ist, berichtet wird. Mit meinen eigenen Ohren höre ich, wie Fräulein Amelia Bodkin oben fürchterlich weint, und dann höre ich Mr. Jabez Tuesday mit lauter, herzhafter Stimme sprechen wie folgt:

›Schon gut, Meli‹, sagt Mr. Tuesday. ›Keine Tränen bitte, und schon gar nicht auf meine neue weiße Weste. Nur munter, mein Kind‹, sagt Mr. Tuesday, ›und paß auf, welche Arrangements ich für unsere morgige Hochzeit und unsere anschließende Hochzeitsreise nach Montreal getroffen habe. Ja, wirklich, Meli‹, sagt Mr. Tuesday, ›für mich gibt es keine außer dir, denn du verstehst mich von A bis Z. Gib mir schnell noch einen Kuß, Meli, und dann setzen wir uns hin und besprechen alles.‹

Nun, nach dem lauten Knall zu urteilen, bekommt er seinen Kuß, und es ist ein sehr langer Kuß, und dann höre ich, wie sie oben im Wohnzimmer die ganze Sache durchkauen. Schließlich höre ich wieder Mr. Jabez Tuesdays Stimme:

›Weißt du, Meli‹, sagt er, ›du und ich, wir sind ganz einfache und rechtschaffene Menschen, ohne viel Getue, und darum‹, sagt er, ›passen wir auch so gut zusammen. Mir ist richtig übel von den Leuten, die wunder denken, wer sie sind, und dann nicht einen roten Heller auf der Bank haben. Sie haben überhaupt keine Manieren. Schau, erst gestern abend‹, sagt Mr. Tuesday, ›bin ich in New York bei einer solchen hochnäsigen Familie namens Scarwater zu Besuch, und wie aus heiterem Himmel beleidigt mich die Tochter des Hauses gröbstens und schmeißt mich förmlich die Treppe hinunter. Niemals zuvor werde ich derart behandelt‹, sagt er. ›Meli‹, sagt er, ›gib mir noch schnell einen Kuß und schau, ob du eine Beule auf meinem Kopf fühlst.‹

Natürlich ist Mr. Jabez Tuesday einigermaßen überrascht, als er etwas später meine Anwesenheit bemerkt, aber er läßt sich nicht anmerken, daß er mich kennt, und ich richte in diesem Moment auch keinen weiteren Wirrwarr für Mr. Jabez an, und schließlich kommen Professor Edmund, Spanier-John und Klein-Isidor mich mit dem Wagen abholen, und ich danke Fräulein Amelia Bodkin für ihre große Güte und verabschiede mich, während sie mit Mr. Jabez Tuesday auf dem Rasen steht und uns Lebewohl zuwinkt.

Und Fräulein Amelia Bodkin sieht so überglücklich aus, wie sie sich so an Mr. Jabez Tuesday ankuschelt, daß ich richtig froh bin, die Chance wahrgenommen zu haben, daß Fräulein Valerie Scarwater eine Blondine ist – zwei Eisen im Feuer ist heutzutage das einzig Richtige – und daß ich Professor Edmund zu ihr hinschicke, um ihr Mr. Tuesdays Brief vorzulesen, in dem er sich über Blondinen ausläßt. Aber es tut mir natürlich sehr leid, daß dieser und andere Briefe, die Professor Edmund ihr in meinem Auftrag vorliest, sie so zum Kochen bringen, daß sie total vergißt, daß sie eine Dame ist, und sich dazu hinreißen läßt, Mr. Jabez Tuesday mit einer achtzehnkarätigen Puderdose eins auf die Birne zu geben, und ihm dabei sagt, er solle gefälligst aus ihrem Leben verschwinden.

Also«, sagt Harry das Roß, »da bleibt eigentlich nichts weiter zu berichten, außer daß wir jetzt auf der Suche nach Richter Goldfobber sind, um ihn zu ersuchen, uns in einer juristischen Angelegenheit gegen Mr. Jabez Tuesday zu vertreten. Mr. Tuesday zahlt uns zwar die zehn Mille, aber er läßt uns nicht das von ihm erwähnte Silber mitnehmen, nicht einmal die Paul-Revere-Teekanne, die, wie er sagt, so wertvoll ist, und als wir kürzlich eines Abends bei Fräulein Amelia Bodkin vorsprechen, um besagte Artikel abzuholen, da schießt der alte Knabe, der anscheinend der Butler ist, aus einer doppelläufigen Flinte auf uns und benimmt sich auch sonst sehr eklig.«

»Also«, sagt Harry das Roß, »wollen wir sehen, ob wir Richter Goldfobber nicht dazu kriegen können, Mr. Jabez Tuesday wegen Nichteinhaltung eines Versprechens zu verklagen.«

Das Haus der alten Jungfer

An einem kalten Winterabend, da überqueren einige in Brooklyn ansässige Herrschaften per Automobil die Brücke nach Manhattan, um dort einen Besuch zu machen, und zwar bei einer Persönlichkeit namens Lance McGowan, der am Broadway wohlbekannt ist und in der Geschäftswelt als kommender Mann gilt.

Genauer gesagt, es wird allgemein zugestanden, daß Lance ohne unvorhergesehene Zwischenfälle eines Tages so ungefähr der größte Importeur hierzulande sein wird, und zwar speziell von feinsten Spirituosen, denn er ist ein aufgeweckter Junge und hat in den Vereinigten Staaten und in Kanada überall sehr gute Beziehungen.

Außerdem ist Lance McGowan ein gutaussehender Bursche und hat auch sonst allerhand auf dem Kasten, obwohl manche Leute behaupten, daß es geschäftlich nicht sehr klug von ihm ist, Ochsen-Angie drüben in Brooklyn auf den Hals zu rücken, wo Angie doch selber Importeur ist, ganz zu schweigen von dem blühenden Handel, den er in anderen Branchen betreibt, einschließlich in antiken Uhren und Erpressungen.

Natürlich ist Lance McGowan an antiken Uhren überhaupt nicht und an Erpressungen nur sehr wenig interessiert, aber er sieht keinen Grund, warum er seine Importware nicht auch in einem so aussichtsreichen Bezirk wie Brooklyn auf den Markt bringen soll, und zwar speziell deswegen, weil seine Ware von weit besserer Qualität ist als alles, was Angie zu offerieren hat.

Kurz und gut, Angie ist einer von den Leuten aus Brooklyn, die Lance McGowan einen Besuch abstatten wollen, und außer Angie ist auch noch eine andere in Brooklyn sehr prominente Persönlichkeit namens Drossel-Max mit von der Partie, und ferner ist noch ein Bursche namens Lause-Kid dabei, der zwar noch nicht so prominent ist, aber in verschiedener Beziehung als ein vielversprechender Junge angesehen wird, obwohl ich meinerseits der Ansicht bin, daß er etwas schwach auf der Brust ist.

Er soll fabelhaft geschickt mit einem Leinensack umzugehen verstehen, wenn jemand etwas in einen solchen Sack hineinstecken will, was ein sehr beliebter Schabernack in Brooklyn ist, und genauer gesagt, hat Lause-Kid an dem fraglichen Abend einen solchen Leinensack bei sich, und sie haben vor, während ihres Besuches Lance McGowan in den Sack hineinzustecken, und zwar bloß, um sich einen kleinen Spaß mit ihm zu machen. Meinerseits finde ich diese Art Humor ausgesprochen unfein, aber andererseits sind natürlich Angie und die anderen Herrschaften auch keine besonders feinen Leute.

Kurz und gut, sie haben alles mit Lance McGowan sehr schön vorbereitet, und es ist ihnen also bekannt, daß Lance fast jeden Abend so gegen zehn die Vierundfünfzigste Straße entlangspaziert, und zwar auf dem Wege zu einem bestimmten Lokal in der Park Avenue, das sich Kolibri-Klub nennt und sehr hochklassige Kunden hat, und der Grund, weswegen Lance jeden Abend dorthin geht, ist der, daß er an der Spelunke beteiligt ist, und außerdem auch deswegen, weil er den hübschen Puppen dort gern seine Figur im Smoking zeigt.

Die Herrschaften aus Brooklyn fahren also diese Route entlang, und wie sie an Lance McGowan vorbeirollen, da feuern Ochsen-Angie und Drossel-Max ein paar Dinger auf Lance, und Lause-Kid hält schon den Sack bereit, denn, wie ich mir vorstelle, rechnet er damit, daß Lance, von der Schießerei überrascht, so flink wie ein Kaninchen in den Sack hüpfen wird.

Aber Lance ist alles andere als ein Grünschnabel, und als die ersten Kugeln an ihm vorbeisausen, ohne ihn zu treffen, da springt er kurzentschlossen über eine Ziegelsteinmauer zu seiner Linken und landet auf der anderen Seite im Garten einer Villa. Daraufhin steigen Ochsen-Angie und Drossel-Max und Lause-Kid aus dem Wagen aus und rennen rasch ganz dicht an die Mauer heran, weil sie sofort kapieren, daß sie bestimmt den kürzeren ziehen, falls Lance von hinter der Mauer auf sie losknallt; denn sie können sich nicht vorstellen, daß Lance ausgeht, ohne etwas zum Schießen bei sich zu haben.

Aber Lance hat absolut nichts zum Schießen bei sich, denn eine Schußwaffe würde eine Beule in seinen Smoking machen, und die Geschichte beginnt also eigentlich damit, daß Lance völlig wehrlos hinter der Ziegelsteinmauer steht, und mir ist die Geschichte nur deswegen bekannt, weil Lance sie mir größtenteils erzählt, sofern Lance nämlich weiß, daß ich weiß, daß sein richtiger Name Lancelot ist, und er mir sehr verpflichtet dafür ist, daß ich niemals öffentlich etwas darüber verlauten lasse.

Nun, die Ziegelsteinmauer, über die Lance hinüberspringt, ist eine Mauer um einen ziemlich großen Garten, und der Garten gehört zu einem alten zweistöckigen Steingebäude, und jedem in unserer guten Stadt ist das betreffende Haus als ein Haus voller Geheimnisse wohlbekannt, und Fremdenführer machen ihre Kunden auf Autobusrundfahrten darauf aufmerksam.

Das Haus gehört einem alten Dämchen namens Fräulein Abigail, und wer Zeitungen liest, dem ist bekannt, daß Fräulein Abigail Ardsley so viel Kies hat, daß einem richtig schlecht davon werden kann, und zwar besonders Leuten, die überhaupt keinen Kies haben. Mit anderen Worten, Fräulein Abigail Ardsley hat so ungefähr allen Kies, den es in der Welt gibt, mit Ausnahme von ein paar Kröten, die sie zum allgemeinen Umlauf übrigläßt.

All diesen Kies hinterläßt ihr ihr Vater, der alte Waldo Ardsley, der selbigen in den Anfangszeiten dieser Stadt aufstapelt, indem er Eckgrundstücke zu billigen Preisen aufkauft, lange bevor die Leute darauf kommen, daß diese Grundstücke eines Tages einmal sehr wertvoll sein werden, zur Errichtung von Fruchtsaftständen und Zigarrenläden.

Anscheinend ist Waldo ein höchst sonderbarer alter Kauz, sehr streng zu seiner Tochter, und gibt ihr niemals die Erlaubnis zum Heiraten oder auch einen Versuch dazu zu machen, bis sie schließlich zu alt ist, um sich aus dem Heiraten und so überhaupt noch etwas zu machen, und nun auch ihrerseits höchst sonderbar wird.

Mit anderen Worten, Fräulein Abigail Ardsley wird so sonderbar, daß sie sich von allen zurückzieht, und zwar speziell von einer Menge ihrer Verwandten, die auf ihre Kosten leben möchten, und immer wenn sich jemand von solchen Leuten zurückzieht, dann wird der oder die Betreffende stets für sehr sonderbar gehalten, und zwar speziell von den beteiligten Verwandten. Sie lebt ganz allein in dem großen Haus, abgesehen von ein paar alten Dienstboten, und läßt sich selten sehen, und die seltsamsten Geschichten sind über sie im Umlauf.

Kurz und gut, kaum ist Lance McGowan in dem Garten gelandet, da sieht er sich auch schon nach Möglichkeiten um, wie er wieder herauskommen kann, und eine der Möglichkeiten, die er vermeiden will, ist der Weg zurück über die Mauer, denn er kann sich leicht ausmalen, daß Ochsen-Angie mit seinem Schießeisen draußen in der Vierundfünfzigsten Straße auf ihn wartet. Lance sieht sich also um, ob er nicht einen anderen

Ausgang finden kann, aber anscheinend gibt es keinen solchen Ausgang, und da sieht er auch noch, wie die Mündung eines Revolvers auf der Mauer erscheint und Angies gräßliche Schnauze gleich dahinter, und Lance McGowan ist also völlig in die Enge getrieben und fühlt sich gar nicht wohl dabei.

Also versucht Lance es aufs Geratewohl mit einer Tür auf einer Seite des Hauses, und die Tür geht auch gleich auf, und Lance McGowan stürzt hinein und befindet sich plötzlich in dem Wohnzimmer des Hauses. Es ist ein sehr großes Wohnzimmer und durchweg sehr schön eingerichtet, und an den Wänden hängen Ölgemälde, und eine Großvateruhr, die bis zur Decke reicht, steht in einer Ecke, und Statuen aller Art stehen auch herum. Genauer gesagt, es ist ein so nettes und komfortabel eingerichtetes Zimmer, daß Lance McGowan höchst angenehm überrascht ist, da er ja darauf gefaßt ist, ein Zimmer vorzufinden, wie man sie gewöhnlich in geheimnisvollen Häusern im Kino sieht, ein Zimmer mit lauter Spinngeweben und ganz vermodert, in dem womöglich Buster Keaton herumirrt und seltsame Geräusche macht.

Aber der einzige Mensch im Zimmer scheint ein altes, ganz in zartes Weiß gekleidetes Dämchen zu sein, das in einem niedrigen Schaukelstuhl vor einem offenen Kamin sitzt, in dem leise knisternd ein helles Feuer brennt.

Natürlich ist Lance McGowan zu Tode erschrocken, als er diese Szene sieht, und er denkt sich, daß es wohl das beste ist, das alte Dämchen aufzufressen, bevor sie die Polizei rufen kann, aber da schaut sie zu ihm auf und lächelt ihm freundlich zu und redet ihn mit leiser Stimme an.

»Guten Abend«, sagt das alte Dämchen. Nun, Lance weiß nicht, was er erwidern soll, denn er ist an diesem Abend nicht gerade in guter Form, und da steht er also und sieht das alte Dämchen leicht beduselt an, und da lächelt sie ihm wieder zu und fordert ihn auf, sich zu setzen.

Als nächstes findet sich Lance also in einem Sessel vor dem Kamin sitzen und aufs artigste mit dem alten Dämchen plaudern; und das alte Dämchen ist natürlich niemand anders als Fräulein Abigail Ardsley, und sie ist anscheinend überhaupt nicht bange und nicht einmal erstaunt darüber, Lance bei sich im Hause zu sehen, aber andererseits sieht Lance auch nicht so aus, als ob er alten Dämchen Angst einjagen will, und jungen Dämchen übrigens auch nicht, und ganz besonders nicht, wenn er in vollem Wichs ist.

Lance weiß natürlich, wer Fräulein Abigail Ardsley ist, denn er liest wie alle anderen die vielen Zeitungsartikel über sie, und er ist natürlich der Meinung, daß jemand, der so viel Zaster hat und sich von allem zurückzieht, leicht übergeschnappt ist, wo es doch so viele Freuden gibt, aber er ist sehr höflich zu ihr, denn schließlich und endlich ist er ja Gast in ihrem Hause.

»Sie sind sehr jung«, sagt das alte Dämchen und sieht ihm dabei in die Visage. »Es ist lange Jahre her, seitdem das letzte Mal ein junger Mann durch jene Tür dort eingetreten ist. Ach ja«, sagt sie, »es ist fürchterlich lange her.«

Und damit stößt sie einen tiefen Seufzer aus und schaut so traurig dabei aus, daß es Lance McGowan fast das Herz bricht.

»Es ist jetzt fünfundvierzig Jahre her«, sagt das alte Dämchen mit leiser Stimme, als ob sie zu sich selber spricht. »Er war so jung, so hübsch und so edel.«

Und obgleich Lance in diesem Augenblick nicht in der richtigen Stimmung ist, um sich Erinnerungen anzuhören, hört er sich als nächstes doch eine tief ergreifende Liebesgeschichte an, denn anscheinend ist Fräulein Abigail Ardsley einmal bis über beide Ohren in einen Jungen verknallt, der nichts weiter als ein einfacher Angestellter im Geschäft ihres Papas ist.

Anscheinend, wie Lance McGowan es sich zusammenreimt, fehlt dem Jungen nichts, was sich nicht mit einer Million Dollar kurieren läßt, aber Fräulein Abigail Ardsleys Papa ist ein alter Knauser und erlaubt ihr nie und nimmer, sich mit einem armen Gesellen abzugeben, und daraufhin beschließen sie, ihn nicht merken zu lassen, wie verliebt sie ineinander sind.

Aber anscheinend hat Fräulein Abigail Ardsleys treuliebender Junge allerhand Schmiß im Leibe und besucht sie jeden Abend, nachdem ihr Papa in die Federn geht, und sie läßt ihn immer zu derselben Seitentür herein, zu der Lance hereinkommt, und dann sitzen sie immer vor dem Kamin und halten sich bei den Händen und unterhalten sich leise und machen Pläne darüber, was sie machen werden, wenn der junge Bursche einen großen Coup landet.

Dann, eines Nachts, hat Fräulein Abigail Ardsleys Papa plötzlich Bauchweh oder dergleichen und kann deswegen kein Auge zutun, und da wandert er die Treppen hinunter, um sich etwas Ingwer zu holen, und da ertappt er Fräulein Abigail Ardsley und ihren treuliebenden Jungen in einer Verschlingung, mit der ein Ringkämpfer sich die Weltmeisterschaft holt, wenn er diesen Griff je erlernen kann.

Nun, diese Szene wirkt so abstoßend auf Fräulein Abigail Ardsleys Papa, daß er einen Augenblick buchstäblich sprachlos ist, und dann befiehlt er dem Jungen, ihm nie wieder unter die Augen zu kommen, und sagt ihm, sich nie wieder über seine Schwelle zu wagen, und ganz besonders nicht über die Schwelle der kleinen Seitentür.

Aber anscheinend wütet um diese Zeit draußen gerade ein furchtbarer Sturm, und Fräulein Abigail Ardsley fleht ihren Papa an, den jungen Mann wenigstens so lange bleiben zu lassen, bis der Sturm nachläßt, aber der alte Ardsley ist von der Umschlingungsszene und seinen Bauchschmerzen so sehr mitgenommen, daß er hartherzig bleibt und den jungen Burschen in den Sturm hinausjagt.

Am nächsten Morgen wird der arme Junge erfroren wie ein Eiswürfel vor der Seitentür gefunden, denn, wie sich herausstellt, handelt es sich bei dem Sturm, der in dieser Nacht wütet, um den Schneesturm des Jahres 1888, was ein berühmtes Ereignis in der Geschichte New Yorks ist, obwohl Lance McGowan bis dahin nie etwas davon hört und der Sache auch nicht eher Glauben schenkt, bis er die Sache hinterher nachschlägt. Aus Fräulein Abigail Ardsleys Erzählung geht anscheinend hervor, daß, soweit feststellbar, der Junge zu der Tür zurückgekehrt sein muß, um dort Zuflucht zu suchen, nachdem er eine Weile in dem Sturm herumirrt, aber um diese Zeit hat natürlich ihr Papa die Tür bereits fest verriegelt, und keiner hört den Jungen.

»Und«, sagt Fräulein Abigail Ardsley zu Lance McGowan, nachdem sie ihm alle diese Einzelheiten erzählt, »danach spreche ich nie wieder ein Wort mit meinem Papa, solange er lebt, und kein anderer junger Mann kommt je wieder durch diese Tür dort oder durch eine andere Tür dieses Hauses herein oder hinaus, bis zu Ihrem Erscheinen heute abend, obwohl«, sagt sie, »diese Tür niemals verriegelt ist, für den Fall, daß ein solcher junger Mann hier Zuflucht sucht.«

Dann sieht Fräulein Abigail Ardsley ihn derart an, daß sich Lance McGowan fragt, ob sie vielleicht die Schüsse hört, die Ochsen-Angie und Drossel-Max vorhin auf ihn abknallen, aber er ist viel zu höflich, sie danach zu fragen.

Nun, all diese verflossenen Erinnerungen machen Fräulein Abigail Ardsley anscheinend sehr weich ums Herz, und sie fängt langsam zu weinen an, und wenn es etwas gibt, was Lance McGowan nicht vertragen kann, dann ist es ein weinendes Dämchen, auch wenn es bloß ein altes Dämchen ist. Er macht sich also daran, Fräulein Abigail Ardsley ein bißchen aufzuheitern, und er gibt ihr einen Klaps auf den Arm und richtet das Wort an sie.

»Aber was denn?« sagt Lance. »Ich bin sehr erstaunt, aus Ihren Ausführungen zu entnehmen, daß die Türen hier so wenig benutzt werden. Aber, Liebling«, sagt Lance, »solange ich weiß, daß es in dieser Gegend ein so gutaussehendes Dämchen gibt und die Türen nicht verriegelt sind, werde ich von mir aus jeden Abend hier hereingeplatzt kommen. Los, los«, sagt er, »lassen Sie uns die Sache besprechen und vielleicht sogar ein bißchen Spaß haben, denn möglicherweise werde ich auf eine ganze Weile hier festhaken. Liebling«, sagt er, »gibt es in diesem Laden hier zufällig etwas zu trinken?«

Daraufhin wischt Fräulein Abigail Ardsley sich die Tränen aus den Augen und lächelt wieder, und dann zieht sie an einer Art Strick in der Nähe, und herein kommt ein alter Knabe, der ungefähr neunzig sein muß und anscheinend sehr erstaunt ist, Lance da sitzen zu sehen. Genauer gesagt, ist er sogar so sehr erstaunt, daß er förmlich wankt, als er wieder hinausgeht, nachdem Fräulein Abigail Ardsley ihn ersucht, etwas Wein und ein paar belegte Brote zu bringen.

Und der Wein, den er bringt, ist von einem solchen Kaliber, daß Lance fast Lust dazu hat, hinterher ein paar seiner Leute hinzuschicken, um nachzusehen, ob mehr davon in dem Laden vorhanden ist, und zwar speziell, als er an die unverschlossene Seitentür denkt, denn diese Sorte Wein kann er karatweise verkaufen.

Kurz und gut, da sitzt Lance also mit Fräulein Abigail Ardsley und schlürft den guten Wein und ißt belegte Brote, und die ganze Zeit erzählt er ihr Geschichten der einen oder anderen Art, von denen er manche vorher erst ein bißchen reinigt, wenn sie seines Erachtens vielleicht ein bißchen zu flott für sie sind, und allmählich bringt er sie immer herzlicher zum Lachen.

Schließlich denkt er, daß Angie mit seinen Patronen kaum noch draußen auf ihn warten kann, und daher sagt er, daß es Zeit zum Gehen ist, und Fräulein Abigail Ardsley begleitet ihn persönlich zur Tür, und zwar diesmal zur Vordertür, und im Weggehen erinnert sich Lance an etwas, was er einmal einen Knaben auf der Bühne tun sieht, und daraufhin ergreift er Fräulein Abigail Ardsleys Hand, zieht sie an seine Lippen und gibt ihr einen langen Kuß darauf, worüber Fräulein Abigail Ardsley sehr erstaunt ist, aber nicht so sehr wie Lance, als er sich hinterher die ganze Sache noch einmal überlegt.

Wie er sich richtig denkt, ist draußen niemand mehr in Sicht, als er auf die Straße hinaustritt, und er geht also in den Kolibri-Klub hinüber, wo er erfährt, daß viele Leute sich wegen seiner Abwesenheit schon sehr große Sorgen machen und sich fragen, ob er vielleicht in Lause-Kids Leinensack ist, denn um diese Stunde hat es sich bereits herumgesprochen, daß Ochsen-Angie und seine Leute aus Brooklyn in der Stadt sind.

Kurz und gut, jemand erzählt Lance, daß Angie im Augenblick drüben in Mitternacht-Charleys Spelunke in der Neunundvierzigsten Straße ist und dort rechts und links Lagen ausgibt und überall herumerzählt, wie er Lance McGowan über eine Ziegelsteinmauer jagt, was natürlich nicht sehr schmeichelhaft für Lance klingt.

Also, während Angie immer noch rechts und links Lagen ausgibt und davon erzählt, wie er aus Lance einen Springkünstler macht, da geht plötzlich die Tür in Mitternacht-Charleys Spelunke auf, und herein kommt ein Bursche mit einer Pistole in der Hand, und bevor jemand Hallo zu ihm sagen kann, knallt der betreffende Bursche vier Dinger auf Ochsen-Angie ab.

Des weiteren knallt der betreffende Bursche auch noch je einen Schuß auf Drossel-Max und Lause-Kid, die beide noch mit Angie zusammen sind, und als nächstes ist Angie so leblos wie ein Türnagel, und Drossel-Max ist noch lebloser als Angie, und Lause-Kid macht furchtbaren Krawall wegen eines Beinschusses, und niemand kann sich besinnen, wie der Bursche mit dem Schießeisen aussieht, mit Ausnahme von ein paar Lockspitzeln, die aussagen, daß der in Frage stehende Bursche Lance McGowan sehr ähnlich sieht.

So geschieht es also, daß früh am nächsten Morgen Johnny Brannigan, der Geheimpolizist, Lance McGowan beim Kragen packt, und zwar wegen des Abknallens von Ochsen-Angie und Drossel-Max und Lause-Kid, und in Polizeikreisen herrscht allgemein große Freude, denn gerade um diese Zeit nehmen sich alle Zeitungen die Polizei ganz schön vor, und zwar behaupten sie, daß die Gesetze immer und überall übertreten werden, und warum, fragen sie, wird denn nicht schon lange irgend jemand wegen irgend etwas verhaftet?

Die Festnahme von Lance McGowan ist Wasser auf jedermanns Mühle, denn Lance ist eine sehr prominente Persönlichkeit, und es sieht wie eine sichere Sache aus, daß Lance auf eine schwere Strafe rechnen kann und vielleicht sogar auf den elektrischen Stuhl geschickt wird, obwohl er sich Richter Goldstein als Verteidiger nimmt, und Richter Goldstein ist einer der gerissensten Anwälte in der ganzen Stadt. Aber selbst Richter Goldstein muß zugeben, daß Lance sich in einer verdammt schwierigen Situation befindet, und zwar speziell deswegen, weil die Zeitungen Gerechtigkeit fordern und lange Artikel über Lance drucken und Bilder von ihm bringen und ihn bei allerhand unschönen Namen nennen.

Schließlich macht sich Lance selbst wegen seiner mißlichen Lage einige Sorgen, obwohl sich Lance über eine so geringfügige Sache wie Mordanklage niemals besonders aufregt. Und er regt sich auch über diesen speziellen Fall nicht besonders auf, abgesehen davon, daß der Staatsanwalt furchtbar Fisimatenten wegen seiner provisorischen Freilassung gegen Kaution macht. Mit anderen Worten, es dauert zwei Wochen, bevor er Lance gegen Kaution freiläßt, und während dieser ganzen Zeit ist er im Kittchen, was für eine empfindliche Seele wie Lance eine höchst demütigende Sache ist.

Nun, als es zur Verhandlung gegen Lance kommt, da kann man es überall drei zu eins gelegt kriegen, daß Lance verurteilt wird, und der Kurs geht auf fünf, nachdem die Anklage ihren Fall durchpaukt und mit Hilfe der Lockspitzel beweist, daß am 5. Januar Lance McGowan genau um 12 Uhr nachts Mitternacht-Charleys kleine Spelunke betritt und auf Ochsen-Angie und Drossel-Max und Lause-Kid losknallt.

Außerdem erklären einige Zeugen, die behaupten, sie kennen Lance McGowan vom Sehen, daß sie Lance gegen zwölf Uhr nachts in der Nähe von Mitternacht-Charleys Lokal sehen, und als die Reihe an Richter Goldstein und seine Verteidigung kommt, da gibt es viele Leute, die sagen, daß es schon eine fabelhafte Leistung von ihm ist, wenn er Lance auch nur vor dem elektrischen Stuhl bewahrt.

Kurz, es ist schon spät am Nachmittag, als Richter Goldstein aufsteht und sich im Gerichtssaal umsieht und ohne vorher, wie sonst üblich, eine Eröffnungserklärung an die Geschworenen abzugeben, ganz einfach sagt: »Rufen Sie Fräulein Abigail Ardsley herein«, sagt er.

Zuerst begreift keiner richtig, wen Richter Goldstein

eigentlich aufrufen läßt, obgleich der Name jedem der Anwesenden, der Zeitungen liest, vertraut klingt, aber da erscheint plötzlich ein altes Dämchen in einem schwarzen Seidenkleid, das fast bis zum Boden reicht, und einem schwarzen Kapotthut, der eine Art Rahmen um ihr weißes Haar und ihr Gesicht bildet.

Hinterher lese ich in einer Zeitung, daß sie aussieht, als ob sie aus einer Elfenbein-Miniatur heruntersteigt, und daß sie immer noch wunderschön ist, aber Fräulein Abigail Ardsley hat natürlich so viel Zaster, daß keine Zeitung sich traut, sie eine alte Vogelscheuche zu nennen.

Als sie im Gerichtssaal erscheint, ist sie von so vielen alten Knaben umgeben, daß man glauben kann, im Altmännerheim sind gerade Ferien, abgesehen davon, daß sie alle in Bratenröcken und Vatermördern sind, und hinterher stellt sich heraus, daß es die größten Anwälte der Stadt sind und jeder von ihnen auf die eine oder andere Weise Fräulein Abigail Ardsley vertritt, und sie sind deswegen zugegen, um dafür zu sorgen, daß deren Interessen gewahrt bleiben, und zwar hauptsächlich in bezug auf ihre eigenen.

Keiner erlebt jemals zuvor im Gerichtssaal so viel gegenseitiges Verbeugen und Begrüßen mit. Sogar der Gerichts-Vorsitzende verbeugt sich, und obgleich ich nur als Zuschauer da bin, verbeuge ich mich auch, denn meiner Ansicht nach hat jemand mit so viel Zaster wie Fräulein Abigail Ardsley Anrecht auf eine einstimmige Verbeugung. Als sie auf der Zeugenbank Platz nimmt, da reißen sich ihre Anwälte förmlich um die Stühle und rücken so nahe wie nur möglich an sie heran, und draußen auf der Straße entsteht ein richtiger Tumult, als es bekannt wird, daß Fräulein Abigail Ardsley bei Gericht ist, und von überall her kommen die Leute angelaufen in der Hoffnung, einen flüchtigen Kieker auf das reichste alte Dämchen von der Welt werfen zu können.

Nun, nachdem sich alles wieder ein bißchen beruhigt, spricht Richter Goldstein zu Fräulein Abigail Ardsley wie folgt:

»Fräulein Ardsley«, sagt er, »ich werde nicht mehr als zwei oder drei Fragen an Sie richten. Schauen Sie sich freundlicherweise den Angeklagten an«, sagt Richter Goldstein, während er auf Lance McGowan zeigt und Lance auffordert, sich zu erheben. »Kommt er Ihnen bekannt vor?«

Daraufhin wirft das kleine alte Dämchen einen Blick auf Lance und nickt bejahend mit dem Kopf, und Lance lächelt sie groß an, und dann ergreift Richter Goldstein wieder das Wort.

»Ist er am 5. Januar nachts bei Ihnen im Haus zu Besuch?« fragt Richter Goldstein.

»Ja, das stimmt«, sagt Fräulein Abigail Ardsley.

»Befindet sich in Ihrem Wohnzimmer, wo Sie den Angeklagten empfangen haben, eine Uhr?« sagt Richter Goldstein.

»Ja«, sagt Fräulein Abigail Ardsley. »Es ist eine sehr große Uhr«, sagt sie, »eine Großvateruhr.«

»Haben Sie zufällig gesehen«, sagt Richter Goldstein, »und erinnern Sie sich heute noch daran, wieviel Uhr es auf dieser Uhr ist, als der Angeklagte Ihr Haus verläßt?«

»Ja«, sagt Fräulein Abigail Ardsley, »ich habe es mir zufällig sehr genau gemerkt. Es ist zwölf Uhr auf meiner Uhr«, sagt sie. »Genau zwölf Uhr«, sagt sie.

Nun, diese Aussage erzeugt eine Riesensensation im Gerichtssaal, denn wenn es zwölf Uhr ist, als Lance McGowan Fräulein Abigail Ardsleys Haus in der Vierundfünfzigsten Straße verläßt, dann kann sich jeder leicht ausrechnen, daß er ausgeschlossen um die gleiche Zeit fünf Straßen entfernt in Mitternacht-Charleys Lokal sein kann, außer falls er ein Zauberkünstler ist, und der Vorsitzende schielt über seine Brillenränder sehr streng zu den Leuten von der Polizei im Gerichtssaal hinüber, und die Blauen werfen finstere Blicke auf die Lockspitzel, und ich wette mein letztes Hemd darauf und ich bin bereit, es jedem sechs zu eins zu legen, daß die Lockspitzel noch bevor die Gendarmen mit ihnen in dieser Sache durch sind, was darum geben werden, niemals geboren zu sein.

Fernerhin sehen die Brüder von der Staatsanwaltschaft, die die Anklage vertreten, sehr belämmert aus, und die Geschworenen flüstern miteinander, und Richter Goldstein beantragt auf der Stelle, daß die Anklage gegen seinen Klienten abgewiesen wird, und der Vorsitzende sagt, er ist dafür, daß dem Antrag stattgegeben wird, und er sagt ferner, daß es höchste Zeit für die Polizisten ist, endlich etwas vorsichtiger in der Auswahl der Leute zu sein, die sie als Mörder verhaften, und den Jungens von der Staatsanwaltschaft fällt anscheinend überhaupt nichts ein, was sie darauf erwidern können.

Lance ist also wieder so frei wie ein Fisch im Wasser, und beim Hinausgehen aus dem Gerichtssaal bleibt er einen Augenblick bei Fräulein Abigail Ardsley stehen, die immer noch von ihren Anwälten umgeben auf der Zeugenbank sitzt, und er drückt ihr die Hand und dankt ihr, und wenn ich es auch nicht selber höre, so erzählt mir hinterher jemand, daß Fräulein Abigail Ardsley ihm etwas zuflüstert, und zwar wie folgt: »Ich erwarte eines Nachts wieder Ihren Besuch, junger Mann«, sagt sie.

»Eines Nachts, jawohl, Liebling«, sagt Lance, »um zwölf Uhr.«

Und damit geht er seiner Wege, und auch Fräulein Abigail Ardsley geht ihrer Wege, und alles ist der Meinung, wie wunderbar es ist, daß ein so reiches Dämchen wie Abigail Ardsley sich im Interesse der Gerechtigkeit bereit erklärt, einen Kerl wie Lance McGowan vor einer falschen Beschuldigung zu retten.

Natürlich kann Lance von Glück sagen, daß Fräulein Abigail Ardsley vor Gericht nicht erwähnt, daß sie, nachdem sie sich von dem Schreck über den zu Tode erfrorenen treuliebenden Jungen erholt, sämtliche Uhren in ihrem Hause anhält, und zwar genau um die Zeit, wo sie ihn zum letzten Male sieht, und daß es daher bei ihr im Hause schon seit fünfundvierzig Jahren immer zwölf Uhr ist.

Die Entführung von Buchmacher Bob

Nach einem langen, strengen Winter geht es jetzt aufs Frühjahr zu – Frühjahr 1931 –, und die Zeiten sind richtig schwer, und zwar wegen des Börsenkrachs und der Bankpleiten rechts und links, und die Gerichtshöfe werden allerhand ungemütlich wegen diesem und jenem und überhaupt, und viele Bürger dieser Stadt müssen sehen, wie sie sich recht und schlecht durchschlagen.

Da ist nicht viel Geld unter den Leuten, und am Broadway tragen viele Mitbürger ihre Anzüge vom letzten Jahr und haben praktisch kein Geld, auf Pferde oder sonst was zu wetten, und das ist ein Umstand, der jedermanns Herz rühren wird.

Ich bin also nicht überrascht, zu hören, daß stellenweise bestimmte Persönlichkeiten »geschnappt« werden, denn obgleich das Entführen von Leuten keineswegs ein hochklassiges Gewerbe ist und sogar irgendwie für illegal gilt, so ist es immerhin etwas, womit man sich in schlechten Zeiten über Wasser halten kann.

Des weiteren bin ich nicht überrascht, zu hören, daß eine Persönlichkeit namens Harry das Roß, der aus Brooklyn kommt und dem es völlig egal ist, in was für einem Gewerbe er sich betätigt, sich mit ein paar anderen Persönlichkeiten aus Brooklyn zusammentut, wie Spanier-John und Klein-Isidor, denen es auch schnurzegal ist, in was für einem Gewerbe sie sich betätigen.

Genauer gesagt, Harry das Roß und Spanier-John und Klein-Isidor sind in jeder Hinsicht schwere Jungens, und es herrscht weit und breit große Entrüstung, als sie von Brooklyn nach Manhattan ziehen und mit den Entführungen beginnen, denn die Bürger von Manhattan sind der Ansicht, wenn schon auf ihrem Hoheitsgebiet geschnappt wird, dann haben sie die Priorität darauf.

Doch Harry das Roß und Spanier-John und Klein-Isidor kehren sich sonstwas um solchen Lokalpatriotismus und betreiben das Entführen in ziemlich grobem Maßstab, und nach und nach höre ich Gerüchte über recht netten Profit. Diese Profite sind zwar keine übermäßig großen Profite, aber sie genügen, um den Hunger von der Tür fernzuhalten, in diesem Falle sogar von drei Türen, und es dauert nicht lange, da stolzieren Harry das Roß und Spanier-John und Klein-Isidor auf den Rennbahnen herum und wetten auf die Pferdchen, denn es gibt bestimmt nichts auf der Welt, was sie lieber tun, als auf Pferdchen zu wetten.

Nun, viele Mitbürger haben eine vollkommen falsche Vorstellung über das Entführungsgewerbe. Sie glauben nämlich, das ganze Geschäft besteht lediglich darin, die zu entführende Persönlichkeit zu schnappen und sie irgendwo so lange zu verstecken, bis ihre Familien oder Freunde genug Zaster auftreiben, um den von den Entführern geforderten Preis zu bezahlen. Die wenigsten begreifen, daß das Entführungsgewerbe gut organisiert sein und sehr systematisch betrieben werden muß.

Zunächst, wenn jemand jemand anders entführen will, darf er nicht den ersten besten entführen. Er muß genau wissen, wen er schnappen will, denn es hat natürlich keinen Sinn, jemanden zu entführen, der hinterher keinen Kies zum Bezahlen hat. Und daraus, wie einer in dieser Stadt aussieht und auftritt, kann sich keiner ein Bild machen, ob der Betreffende wirklich Kies hat, denn viele Leute, die in dicken Automobilen herumsausen und schicke Anzüge tragen und überhaupt den Großkotzigen spielen, sind nichts weiter als Angeber, die keine nennenswerten Moneten haben.

Selbstverständlich ist so einer zum Schnappen denkbar ungeeignet, und die Leute, die auf Entführungen aus sind, können natürlich nicht selber herumgehen und sich nach der Höhe von Banknoten erkundigen oder nachfragen, wieviel dieser oder jener im Geldschrank hat, denn solche Fragen könnten andern Leuten leicht auffallen, und hierzulande ist es sehr gefährlich, andern Leuten wegen irgend etwas aufzufallen. Daher gibt es für Leute, die auf Entführungen aus sind, nur einen einzigen Weg, Persönlichkeiten zu finden, bei denen sich das Entführen lohnt, und der ist, Verbindungen mit einem »Fingermann« aufzunehmen, wie man in diesen Kreisen jemanden nennt, der auf eine geeignete Persönlichkeit hinweisen kann.

Diesem Fingermann muß bekannt sein, daß die von ihm nachgewiesene Persönlichkeit auch reichlich Bargeld hat, und ihm muß ferner bekannt sein, daß die betreffende Persönlichkeit nicht dazu neigt, allzu großen Krach über die Entführung zu schlagen, wie zum Beispiel alles der Polizei zu erzählen. Die betreffende Persönlichkeit kann ruhig eine ehrbare Persönlichkeit sein, wie zum Beispiel ein Geschäftsmann, aber sie muß Gründe dafür haben, die ein Bekanntwerden ihrer Entführung nicht wünschenswert machen, und dem Fingermann müssen diese Gründe bekannt sein. Vielleicht hat der Betreffende nicht gerade einen vorbildlichen Lebenswandel und gibt sich zum Beispiel mit blonden Puppen ab, wo er doch ein treuliebendes Eheweib und sieben Kinder zu Hause in Mamaroneck hat, legt aber keinen Wert darauf, daß seine Gewohnheiten publik werden, was bei einer Entführung leicht vorkommen kann, besonders wenn er in Gesellschaft einer blonden Puppe entführt wird.

Oder manchmal ist die betreffende Persönlichkeit auch eine Persönlichkeit, die sich nicht gern mit Streichhölzern an den Fußsohlen kitzeln läßt, was entführten Persönlichkeiten oft passiert, wenn sie ihre

Rechnung nicht pünktlich begleichen, denn es gibt viele Persönlichkeiten, die sehr empfindlich an den Fußsohlen sind, ganz besonders wenn die Streichhölzer brennen. Andrerseits kann es sich auch um eine nicht besonders ehrbare Persönlichkeit handeln, wie zum Beispiel um jemanden, der illegal Glücksspiele veranstaltet oder eine schicke unerlaubte Spelunke hat oder sonst irgendein anrüchiges Handwerk betreibt und der auch nicht gerade scharf darauf ist, sich an den Fußsohlen kitzeln zu lassen.

Solch eine Persönlichkeit ist für das Entführungsgeschäft geeignet, denn von ihr kann erwartet werden, daß sie ohne viel Gerede bezahlt. Und wenn solch eine Persönlichkeit nach der Entführung die Rechnung pünktlich begleicht, dann wird es als höchst unsittlich erachtet, daß jemand anders sie in absehbarer Zeit wieder entführt, und daher ist es unwahrscheinlich, daß sie viel Aufhebens von der ganzen Geschichte machen wird. Der Fingermann kriegt fünfundzwanzig Prozent der erlegten Summe als Provision, und jeder geht zufrieden nach Hause, und eine Menge frischer Moneten kommt wieder unter die Leute, was sehr gut für die Wirtschaft ist. Und wenn auch der entführten Persönlichkeit bekannt sein mag, wer sie entführt, wird sie niemals erfahren, wer der Fingermann ist, da dies als ein Geschäftsgeheimnis betrachtet wird.

Als ich mich eines Abends mit Waldo Winchester, dem Zeitungsschreiber, unterhalte, kommt das Gespräch auch auf das Entführungsgeschäft, und Waldo Winchester versucht, mir auseinanderzusetzen, daß es eines der ältesten Gewerbe ist, nur nennt Waldo es Kidnapping, was eine Bezeichnung ist, die den Burschen, die heutzutage in dem Gewerbe tätig sind, ganz und gar nicht gefallen wird. Waldo Winchester behauptet, daß es schon vor Hunderten von Jahren Burschen gibt, die vermögende Persönlichkeiten entführen und sie dann gegen Lösegeld wieder freilassen, und Waldo Winchester behauptet ferner, daß sie sogar hübsche Puppen entführen, und Waldo sagt, das Ganze ist eine sehr, sehr bösartige Sache.

Nun, ich sehe ein, Waldo hat recht, wenn er sagt, das Entführen von Puppen ist bösartig, doch natürlich wird keiner von den Brüdern, die heutzutage auf Entführungen aus sind, jemals so etwas auch nur erwägen, denn wer zahlt schon in diesen schweren Zeiten etwas für eine Puppe, wo es ohnehin schwer genug ist, sie wieder loszuwerden?

Kurz und gut, mir ist also bekannt, daß Harry das Roß und Spanier-John und Klein-Isidor sich jetzt mit Entführungen befassen, und ich bin keineswegs entzückt, sie an einem Donnerstagabend ankommen zu sehen, als ich grade an der Ecke Fünfzigste und Broadway stehe, obwohl ich ihnen natürlich ein sehr freundliches Hallo zurufe und der Hoffnung Ausdruck gebe, daß es ihnen gut geht.

Sie bleiben stehen und sprechen ein paar Augenblicke mit mir, und ich bin heilfroh, daß Johnny Brannigan, der Kriminal, nicht gerade vorbeikommt, denn Johnny wird keinen guten Eindruck von mir haben, wenn er mich in dieser Gesellschaft sieht, obwohl ich ja für die Gesellschaft nicht verantwortlich zu machen bin. Aber ich kann mich natürlich nicht einfach umdrehen und fix weglaufen, denn Harry das Roß und Spanier-John und Klein-Isidor können den Eindruck bekommen, daß ich ihnen die kalte Schulter zeige, und sich in ihren Gefühlen verletzt sehen.

»Nun«, sage ich zu Harry dem Roß, »wie gehen die Geschäfte, Harry?«

»Die Geschäfte gehen miserabel«, sagt er. »Wir treffen in vier Tagen in keinem Rennen den Richtigen. Ehrlich gestanden«, sagt er, »gestern gehen wir vollkommen über Bord, wir sind erledigte Leute. Bei jedem

Buchmacher auf der Bahn, der uns Kredit gibt, haben wir Schulden, und jetzt laufen wir herum und versuchen, etwas Zaster aufzutreiben, um uns ehrlich zu machen. Denn seinen Buchmacher muß man bezahlen, komme was da will.«

Das ist natürlich vollkommen korrekt, denn wenn jemand seinen Buchmacher nicht bezahlt, so schadet das seinem geschäftlichen Ansehen, da der betreffende Buchmacher sicherlich überall herumgehen und seinen Ruf ruinieren wird, und daher freut es mich, Harry das Roß solche ehrenwerte Grundsätze aussprechen zu hören.

»Nebenbei gesagt«, sagt Harry, »kennst du zufällig Bob, den Buchmacher?«

Nun, ich kenne Bob nicht persönlich, aber ich weiß natürlich, wer Bookie ist, und jeder, der hierzulande zum Rennen geht, weiß das auch, denn Bookie Bob ist so ungefähr der größte Buchmacher und hat eine Menge Marie. Überdies ist es eine weitverbreitete Meinung, daß Bookie Bob den Kies mit ins Grab nimmt, denn er ist sehr knickerig mit seinem Kies. Genauer gesagt, Bookie Bob wird für einen großen Knicker gehalten.

Er ist ein kleiner, dicker, glatzköpfiger Geselle, und er wackelt immer etwas mit dem Kopf von der einen Seite zur anderen, was manche einer Lähmung zuschreiben; aber nach Ansicht zahlreicher Mitbürger kommt es daher, weil Bookie Bob nun schon so lange fortwährend den Kopf verneinend schütteln muß gegenüber den Burschen, die immer auf der Rennbahn Wettkredit von ihm haben wollen. Er hat ein treuliebendes Eheweib, eine ältliche Puppe mit weißem Haar und traurigem Blick, doch das kann ihr keiner verargen, wenn man sich vorstellt, was es heißt, jahrelang mit Bookie Bob verheiratet zu sein.

Ich sehe Bookie Bob und sein treuliebendes Eheweib

des öfteren beim Essen in verschiedenen Lokalen in der Nähe vom Broadway, denn sie haben keine eigene Wohnung außer einem Hotelzimmer, und ich höre des öfteren, wie Bookie Bob ihr einen Krach wegen diesem oder jenem macht, und meistens geht es um den Preis von irgend etwas, das sie zum Essen bestellt, und daraus schließe ich, daß Bookie Bob mit seinem treuliebenden Eheweib in Geldsachen genauso zäh ist wie mit jedem anderen. Genauer gesagt, eines Abends höre ich, wie er sie furchtbar anschnauzt, weil sie einen neuen Hut aufhat, der sechs Kröten kostet, und Bookie Bob fragt sie, ob sie ihn mit dieser Verschwendungssucht zu ruinieren beabsichtigt.

Doch ich übe natürlich keine Kritik an Bookie Bob, daß er sich über den Hut so aufregt, denn was mich betrifft, so sind sechs Kröten wirklich zuviel für einen Hut. Und vielleicht hat Bookie Bob auch gar nicht so unrecht, den Appetit seines treuliebenden Eheweibes etwas zu bremsen, denn ich kenne so manchen Zeitgenossen in dieser Stadt, der von Puppen praktisch ruiniert wird, weil sie zuviel auf seine Kosten essen.

»Alsdann«, sage ich zu Harry dem Roß, »wenn Bookie Bob einer von den Buchmachern ist, denen du Geld schuldest, dann überrascht es mich, daß du noch beide Augen im Gesicht zu haben scheinst, denn soviel ich weiß, schuldet noch nie jemand Bookie Bob etwas, ohne ihm mindestens ein Auge als Pfand dazulassen. Genauer gesagt«, sage ich, »Bookie Bob ist fähig, einem nicht die genaue Zeit zu geben, auch wenn er zwei Uhren bei sich hat.«

»Oh, nein«, sagt Harry das Roß. »Wir sind nicht Bookie Bobs Schuldner. Doch es wird nicht lange dauern, da wird er in unserer Schuld sein. Wir sind nämlich im Begriff, Bookie Bob zu schnappen.«

Nun, das sind alarmierende Neuigkeiten, nicht etwa weil ich mir etwas daraus mache, ob sie Bookie Bob entführen oder nicht, sondern darum, weil jemand mich mit ihnen im Gespräch sehen kann und sich darauf besinnt, nachdem Bookie Bob entführt ist. Aber es ist natürlich unklug von mir, Harry das Roß oder Spanier-John und Klein-Isidor etwas merken zu lassen davon, daß ich nervös bin, und so spreche ich nun wie folgt:

»Harry«, sage ich, »jeder kennt sein eigenes Geschäft am besten, und ich nehme an, du weißt, was du tust. Doch«, fahre ich fort, »du hast dir in Bookie Bob eine harte Nuß zum Schnappen ausgesucht. Eine äußerst harte Nuß. Ehrlich gesagt«, sage ich, »ich höre, daß das einzige Weiche an ihm seine Vorderzähne sind, und es mag also sehr schwer sein, ihn zum Blechen zu kriegen, nachdem du ihn schnappst.«

»Nein«, sagt Harry das Roß, »das wird uns keine Schwierigkeiten machen, unser Fingermann bringt uns Bobs Referenzenkarte, und das ist ein wirklich überraschendes Ding. Manchmal«, fährt Harry das Roß fort, »stößt man auf die überraschendsten Dinge in der menschlichen Natur, wenn man sich mit dem Entführen befaßt. Bookie Bobs beste Referenz ist ein treuliebendes Eheweib.

Siehst du«, fährt Harry das Roß fort, »Bookie Bob hat sich seit Jahren seinem treuliebenden Eheweib gegenüber als eine höchst wichtige Persönlichkeit hingestellt, mit viel Macht und Einfluß in dieser Stadt, obwohl natürlich Bookie Bob selbst am besten weiß, daß sein Ruf so wackelig ist wie ein gebrochenes Bein. Genauer gesagt«, sagt Harry das Roß, »Bob denkt, sein treuliebendes Eheweib ist die einzige Person in der Welt, die ihn für einen großen Mann hält, und dafür würde er lieber seinen Kies opfern, oder jedenfalls etwas davon, als sie wissen zu lassen, daß es Leute gibt, die so wenig Achtung vor ihm haben, daß sie ihn entführen. Das ist, was man Psychologie nennt«, sagt Harry das Roß.

Nun, das leuchtet mir durchaus nicht ein, und im stillen denke ich mir, daß die eigentliche Psychologie, die Harry das Roß bei Bob mit Erfolg anzuwenden gedenkt, nichts anderes ist, als ihn mit Streichhölzern an den Fußsohlen zu kitzeln, aber ich habe keine Lust, mich in lange Diskussionen darüber einzulassen, und ich wünsche ihnen bald darauf einen guten Abend, sehr höflich, und verziehe mich, und ein Monat vergeht, ohne daß ich was von Harry dem Roß oder Spanier-John oder Klein-Isidor zu sehen kriege.

Unterdessen höre ich hie und da Gerüchte, daß Bookie Bob seit mehreren Tagen vermißt wird, und als er schließlich wieder auftaucht, erzählt er überall, daß er während seiner Abwesenheit sehr krank ist, aber ich weiß natürlich so gut wie jeder andere, daß Bookie Bob von Harry dem Roß und Spanier-John und Klein-Isidor geschnappt wird, und alles spricht dafür, daß es ihn eine Menge kostet.

Ich bin also darauf gefaßt, daß Harry das Roß und Spanier-John und Klein-Isidor bald wieder mit einer Menge Kies auf der Rennbahn erscheinen und noch höher als sonst wetten, aber sie bleiben unsichtbar, und was wichtiger ist, ich höre, sie haben Manhattan verlassen und sind wieder nach Brooklyn zurück und befassen sich dort tagein, tagaus mit dem Verkauf von Bier. Das überrascht mich natürlich sehr, denn wie die Dinge nun einmal liegen, ist das Biergeschäft im Augenblick ein hartes Brot, es ist nicht viel Profit damit zu machen, und ich denke mir, daß Harry das Roß und Spanier-John und Klein-Isidor mit dem Geld, das sie aus Bookie Bob herausholen, ein Anrecht darauf haben, das Leben einmal von der leichteren Seite zu nehmen.

Da sitze ich eines Abends in Charley Bernsteins kleiner Kaschemme in der Achtundvierzigsten und spreche mich mit Charley über dies und jenes aus, als plötzlich

Harry das Roß hereinkommt und sehr niedergedrückt und keineswegs wohlhabend aussieht. Ich begrüße ihn natürlich mit einem lauten Hallo und frage ihn, was eigentlich aus der Sache mit Bookie Bob wird, und da beginnt Harry das Roß, mir die ganze Geschichte zu erzählen.

»Jawohl«, sagt Harry das Roß, »das mit der Entführung von Bookie Bob geht in Ordnung, genauer gesagt, wir schnappen ihn an einem Abend, nachdem wir uns mit dir unterhalten, was ein Mittwochabend ist. Unser Fingermann berichtet uns, daß Bookie Bob drüben in seiner alten Gegend auf der Zehnten Avenue zu einer Totenwache geht, und dort schnappen wir ihn ab.

Er fährt so gegen Mitternacht in seinem Wagen von dort weg, und Bookie Bob fährt natürlich allein, da er selten jemanden mitnimmt, von wegen der Polsterabnutzung, und Klein-Isidor versperrt ihm mit unserer Nuckelpinne den Weg und bringt ihn so zum Halten. Bookie Bob ist natürlich äußerst überrascht, als ich meinen Kopf in seinen Wagen hineinstecke und ihm sage, daß ich auf kurze Zeit um das Vergnügen seiner Gesellschaft bitte, und zuerst will er eine lange Diskussion anfangen, indem er sagt, ich muß mich in einem Irrtum befinden, aber da probiere ich meine altbewährte Überzeugungskraft an ihm aus und lasse ihn ein bißchen an meinem Schießeisen riechen.

Wir schließen also seinen Wagen ab und schmeißen die Schlüssel weg, und dann helfen wir Bookie Bob in unsern Wagen und fahren zu einer gewissen Stelle auf der Achten Avenue, wo wir eine hübsche kleine Wohnung fix und fertig haben. Als wir dort ankommen, teile ich Bookie Bob mit, daß er jeden antelephonieren kann, den er will, und verlauten lassen kann, daß er geschnappt wird und daß fünfundzwanzig Mille in bar erforderlich sind, ihn wieder freizubekommen, doch ich erkläre Bookie Bob gleichzeitig, daß er unter gar keinen

Umständen erwähnen darf, wo er ist, in welchem Falle ihm etwas Unangenehmes zustoßen kann.

Nun, eins muß der Neid Bookie Bob lassen, obwohl keiner ein gutes Haar an ihm läßt, er benimmt sich wie ein richtiger Herr und bleibt gelassen und sachlich.

Überdies scheint er gar nicht aufgeregt zu sein, wie es viele Herrschaften zu sein pflegen, wenn sie sich in einer derartigen Situation befinden. Er erkennt unsere Forderung sofort als gerechtfertigt an und spricht uns daraufhin an:

›Ich werde meinen Partner Sam Salt anrufen‹, sagt er. ›Er ist der einzige, der meiner Ansicht nach die hohe Summe von fünfundzwanzig Mille in bar hat. Doch, meine Herren‹, fährt er fort, ›Sie müssen schon die Frage entschuldigen, da dies ein für mich völlig neues Erlebnis ist, wer garantiert mir, daß alles in Ordnung geht, wenn Sie den Kies haben?‹

›Aber, aber‹, sage ich einigermaßen entrüstet zu Bookie Bob, ›es ist überall in der Stadt wohlbekannt, daß mein Wort so gut wie Gold ist. Es gibt zwei Dinge, an die ich gebunden bin‹, sage ich, ›und das eine ist, mein Wort in einer Situation wie dieser zu halten, das zweite ist, meine Schulden beim Buchmacher zu begleichen, komme, was wolle, denn dies sind für mich Ehrenverpflichtungen.‹

›Gut‹, sagt Bookie Bob, ›ich kenne Sie natürlich nicht, meine Herren, und ehrlich gestanden, ich erinnere mich nicht, Ihnen jemals zu begegnen, obwohl Ihre Gesichter mir irgendwie bekannt vorkommen, aber wenn Sie Ihre Schulden beim Buchmacher bezahlen, dann sind Sie für mich einer der ehrlichsten Männer, und so etwas kommt höchstens einmal unter Millionen vor. Ganz unter uns gesagt‹, sagt Bookie Bob, ›wenn ich all den Kies habe, den mir Leute in dieser Stadt schulden, dann brauche ich nicht jemanden wegen des Betrages von fünfundzwanzig Mille anzutelephonieren. Dann habe ich diesen Betrag als Wechselgeld in der Hosentasche.‹

Bookie Bob ruft also eine bestimmte Nummer an und spricht mit jemandem, aber er kann Sam Salt nicht erreichen, und er scheint sehr enttäuscht zu sein, als er den Hörer wieder auflegt.

›Das ist aber großes Pech‹, sagt er, ›Sam Salt reist vor einer Stunde in einer sehr wichtigen Angelegenheit nach Atlantic City und wird nicht vor morgen abend zurück sein, und sie wissen nicht, wo er in Atlantic City wohnt. Und‹, fährt Bookie Bob fort, ›mir fällt niemand anders ein, den ich wegen des Geldes anrufen kann, besonders keiner, von dem ich möchte, daß er weiß, in was für einer Situation ich mich befinde.‹

›Wie wäre es, Ihr treuliebendes Eheweib anzurufen?‹ sage ich. ›Vielleicht kann die einen solchen Betrag auftreiben?‹

›Jetzt hören Sie bloß auf‹, sagt Bookie Bob. ›Sie halten mich doch nicht für so blödsinnig, daß ich meinem treuliebenden Eheweib fünfundzwanzig Mille gebe oder ihr anvertraue, wo sie fünfundzwanzig mir gehörige Mille in ihre Finger kriegen kann? Ich gebe meinem treuliebenden Eheweib jede Woche zehn Kröten Taschengeld‹, sagt Bookie Bob, ›und das sind reichlich genug Moneten für ein Dämchen, besonders, wenn man bedenkt, daß ich auch noch ihre Mahlzeiten bezahle.‹

Also da läßt sich anscheinend nichts weiter machen, als Sams Rückkehr abzuwarten, aber wir gestatten Bookie Bob, sein treuliebendes Eheweib anzurufen, da Bookie Bob sagt, er möchte nicht, daß sie sich seinetwegen Sorgen macht, und er lügt das Blaue vom Himmel herunter und erzählt ihr, daß er nach Jersey City fahren muß, um dort einem kranken Logenbruder Gesellschaft zu leisten.

Kurz und gut, es ist schon fast vier Uhr morgens, und wir quartieren Bookie Bob in einem Zimmer mit Klein-

Isidor für die Nacht ein, obwohl ich persönlich es für äußerst grausam halte, jemanden mit Klein-Isidor in einem Raum schlafen zu lassen, und Spanier-John und ich bleiben abwechselnd wach und halten Wache, daß Bookie Bob uns nicht durch die Lappen geht, ehe er uns auszahlt. Ehrlich gestanden, Klein-Isidor und Spanier-John sind einigermaßen enttäuscht darüber, daß Bookie Bob so bereitwillig unsere Bedingungen annimmt, denn sie freuen sich schon sehr darauf, ihn ausgiebig an den Fußsohlen zu kitzeln.

Nun, als Bookie Bob am nächsten Morgen aufwacht, stellt sich heraus, daß er eine sehr gute Gesellschaft ist, denn er kennt viele Rennbahngeschichten und eine Menge Skandalgeschichten, und er unterhält uns beim Frühstück glänzend damit. Er redet so zu uns, als ob wir uralte Bekannte sind, und scheint überhaupt nonchalant zu sein, aber er wird wahrscheinlich nicht mehr so nonchalant sein, wenn er weiß, was Spanier-John gerade durch den Kopf geht.

Kurz und gut, gegen Mittag geht Spanier-John aus und kommt mit einer Sportzeitung zurück, denn er weiß, wie begierig Isidor und ich sind, zu erfahren, was sich auf den verschiedenen Rennplätzen tut, obwohl wir keinen roten Heller haben, auf diese Rennen zu setzen, noch die Möglichkeit, eine Wette zu placieren, da wir bei jedem einzelnen Buchmacher unten durch sind.

Nun, Bookie Bob ist ebenfalls höchst interessiert zu sehen, was für Pferde starten, besonders in Belmont, und er lehnt sich mit mir und Spanier-John über den Tisch, um die Rennzeitung zu studieren, und da ergreift Spanier-John das Wort.

›Ach, du meine Güte‹, sagt Spanier-John, ›eine gute Sache wie Fragebogen im fünften Rennen mit dreißig zu zehn, das ist wirklich wie Geld auf der Straße zu finden. Ich wünschte, ich hätte ein paar Kröten, zu so einem Kurs auf ihn zu wetten‹, sagt Spanier-John.

›Einen Moment, meine Herren‹, sagt Bookie Bob daraufhin höflich, ›wenn Sie eine Wette auf diese Rennen anzulegen wünschen, bin ich gern bereit, sie zu halten. Es ist die beste Art und Weise, sich die Zeit zu vertreiben, während wir auf Sam Salt warten, es sei denn, daß Sie lieber Pinakel spielen.‹

›Aber‹, sage ich, ›wir haben doch keinen Kies zum Setzen, oder zumindest nicht viel.‹

›Also gut‹, sagt Bookie Bob darauf, ›ich werde Schuldscheine von Ihnen annehmen, denn nach dem, was ich von Ihnen über das Begleichen von Ihren Buchmacherschulden höre, gelten Sie bei mir als ehrlicher Mann, und die beiden anderen Herren hier machen auf mich gleichfalls den Eindruck ehrlicher Leute.‹

So geschieht es also, daß wir anfangen, bei Bookie Bob auf die verschiedenen Rennen zu setzen, und zwar nicht nur in Belmont, sondern auch auf sämtlichen anderen Rennplätzen im Lande, denn Klein-Isidor und Spanier-John und ich gehen gern aufs Ganze, wenn wir schon einmal am Wetten sind. Wir schreiben Schuldscheine auf die betreffenden Summen aus, die wir jeweils wetten wollen, und überreichen sie Bookie Bob, der diese Schuldscheine in seine Brusttasche steckt, und am späten Nachmittag sieht es ganz so aus, als habe er eine Geschwulst auf der Brust.

Wir kriegen die Rennresultate per Telephon gleich nach Eintreffen von einer Wettzentrale in der Stadt und auch die Quoten, und es macht uns einen Heidenspaß, und Klein-Isidor und Spanier-John und Bookie Bob und ich sind alle miteinander die besten Freunde, bis alle Rennen gelaufen sind und Bookie Bob die ganzen Schuldscheine herausnimmt und zu addieren anfängt.

Wie sich herausstellt, schulde ich Bookie Bob zehn Mille, und Spanier-John schuldet ihm sechs Mille, und Klein-Isidor schuldet ihm bloß vier Mille, da Klein-

Isidor in ein paar Rennen draußen im Westen den Sieger trifft.

Um diese Zeit ungefähr gelingt es Bookie Bob, Sam Salt telephonisch zu erreichen, und er erklärt Sam, daß er an einen bestimmten Geldschrank gehen soll, fünfundzwanzig Mille herausnehmen, bis Mitternacht warten und sich dann ein Taxi nehmen soll, und immer rund um den Häuserblock zwischen Einundfünfzigster und Zweiundfünfzigster, von der Achten zur Neunten Avenue herumfahren soll, und zwar so lange, bis jemand das Taxi anhält und ihm den Kies abnimmt.

Natürlich kapiert Sam sofort, daß Bookie Bob geschnappt wird, und er verspricht ihm, alles genau so zu machen, wie ihm gesagt wird, aber er sagt, es läßt sich nicht vor morgen abend machen, weil er weiß, daß keine fünfundzwanzig Mille in dem betreffenden Geldschrank sind, aber er wird sich die Differenz am nächsten Tag beim Rennen verschaffen. Da sitzen wir also auf einen weiteren Tag in der Wohnung fest, und Spanier-John und Klein-Isidor und ich sind eigentlich gar nicht traurig darüber, denn Bookie Bob hat uns an der Strippe, und wir wollen uns natürlich aus dem Schneider herausspielen.

Aber am folgenden Tag ist es noch schlimmer. In all den Jahren, die ich auf die Pferdchen setze, habe ich niemals soviel Pech auf einem Haufen, und Spanier-John und Klein-Isidor geht es auch nicht viel besser. Genauer gesagt, uns geht alles so schief, daß wir Bookie Bob schon leid tun und er unsere Wetten des öfteren ein oder zwei Punkte höher als auf der Bahn legt, aber es hilft alles nichts. Am Ende bin ich bei Bob mit zwanzig Mille in der Tinte, Spanier-John mit fünfzehn und Klein-Isidor mit fünfzehn, was für uns drei zusammen auf insgesamt fünfzig Mille kommt. Doch es ist nicht unsere Gewohnheit, uns an Pechtagen mit langen Leichenreden aufzuhalten, und Klein-Isidor geht also in ein Delikatessengeschäft hinunter und schleppt eine Menge feiner Sachen zum Essen an, und daraufhin haben wir ein wunderbares Abendessen, und dann sitzen wir herum, hören uns Bookie Bobs Geschichten an und singen sogar ein paar Lieder, bis es Zeit ist für die Verabredung mit Sam Salt.

Kurz vor Mitternacht geht Spanier-John hinunter, wartet auf Sam und nimmt von ihm einen kleinen Koffer in Empfang. Dann kommt Spanier-John in die Wohnung zurück, und wir öffnen das Köfferchen, und da sind die fünfundzwanzig Mille auf Heller und Pfennig, und wir teilen die Moneten in drei gleiche Teile.

Dann sage ich zu Bookie Bob, daß er jetzt ungehindert wieder seinen Geschäften nachgehen kann, und ich wünsche ihm auch noch alles Gute, doch Bookie Bob sieht mich an, als ob er überrascht und beleidigt ist, und dann richtet er das Wort an mich.

›Also, meine Herren‹, sagt er, ›vielen Dank für Ihre Freundlichkeit, aber wie steht es mit den Moneten, die Sie mir schulden? Und wie steht es mit diesen Schuldscheinen hier? Meine Herren, Sie lassen es sich doch bestimmt nicht nehmen, Ihren Buchmacher auszuzahlen?‹

Kurz und gut, es besteht natürlich kein Zweifel darüber, daß wir Bookie Bob für diese Schuldscheine schulden, und was ein Mann ist, der Ehre im Leibe hat, muß natürlich seinen Buchmacher auszahlen, komme, was da wolle, und ich liefere also meinen Teil ab, und Bookie schreibt etwas in ein Notizbuch, das er aus der Tasche zieht.

Dann liefern auch Spanier-John und Klein-Isidor ihre Pinke ab, und Bookie Bob schreibt wieder etwas in sein Notizbuch.

›Also‹, sagt Bookie Bob dann, ›ich schreibe Ihren jeweiligen Konten diese Zahlungen gut, aber, meine Herren, Sie schulden mir über die fünfundzwanzig Mille hinaus, die ich Ihnen gutschreibe, einen weiteren Betrag von fünfundzwanzig Mille, und ich hoffe zuversichtlich, daß Sie für umgehende Begleichung sorgen werden, denn‹, sagt er, ›ich lasse solche Darlehen nicht gerne auf längere Zeit offenstehen.‹

›Aber‹, sage ich, ›uns bleiben ja keine Moneten mehr, nachdem wir Ihnen die fünfundzwanzig Mille a conto zahlen.‹

›Hören Sie mich an‹, sagt Bookie Bob und senkt seine Stimme zum Flüsterton, ›wie wäre es, wenn Sie jetzt meinen Partner Sam Salt entführen, unterdessen will ich gerne noch ein paar Tage bei Ihnen bleiben und weiter Ihre Wetten annehmen, und vielleicht können Sie dann aufs trockene kommen. Allerdings‹, fügt Bookie Bob hinzu, ›habe ich dann Anrecht auf fünfundzwanzig Prozent des Lösegeldes, und zwar dafür, daß ich für Sie den Finger auf Sam lege.‹

Doch Spanier-John und Klein-Isidor haben genug von Bookie Bob und wollen nichts davon wissen, noch länger in der Wohnung zu bleiben, denn sie sagen, er ist ein Unglücksbringer und sie können es doch in keiner Weise mit ihm aufnehmen, und außerdem liegt mir jetzt selbst daran, wegzukommen, denn was Bookie Bob gerade sagt, erinnert mich an etwas.

Es erinnert mich daran, daß wir außer den Moneten, die wir ihm schulden, auch noch die sechseinviertel Mille für die Persönlichkeit, die für uns den Finger auf Bookie Bob legt, abzuziehen haben, und das ist eine hochernste Sache, denn das Nichtbezahlen eines Fingermannes wird allgemein als ein schmutziger Trick betrachtet. Und wenn es sich herumspricht, daß jemand einen Fingermann zu zahlen unterläßt, dann wird niemand anders je wieder für ihn einen Finger rühren.

»Also«, sagt Harry das Roß, »geben wir das Entführungsgeschäft auf, denn es hat keinen Zweck, weiterzumachen, solange wir diese Verpflichtung zu erfüllen haben, und wir gehen also nach Brooklyn zurück und versuchen, so viel Moneten anzuschaffen, um unsere ehrlichen Schulden begleichen zu können.

Wir zahlen nach und nach unsere Schulden bei Bookie Bob ab, weil wir nicht wollen, daß jemals einer sagt, wir brennen einem Buchmacher durch, und außerdem zahlen wir die sechseinviertel Mille Provision, die wir unserem Fingermann schulden.

Und obwohl das alles andere als einfach ist, so bin ich doch sehr erfreut, sagen zu können, daß wir mit unserer ehrlichen Mühe wenigstens für einen Menschen etwas Gutes tun, denn als ich neulich abends Bookie Bobs treuliebendes Eheweib sehe, da ist sie von oben bis unten neu eingepuppt und sieht sehr glücklich aus.

Und wenn auch Leute mir erzählen, daß sie so glücklich aussieht, weil ihr alter Onkel, der in der Schweiz stirbt, eine große Erbschaft hinterläßt und sie jetzt unabhängig von Bookie Bob ist, so hoffe ich zuversichtlich«, sagt Harry das Roß, »daß es sich bloß nicht herumspricht, daß unser Fingermann in diesem Falle niemand anders ist als Bookie Bobs eigenes treuliebendes Weib.«

Fräulein Pfand

Eines Abends so gegen sieben stehen eine Menge Zeitgenossen draußen vor Mindy's Restaurant am Broadway und sprechen über dies und jenes, und zwar speziell über das Pech, das sie am Nachmittag beim Rennen haben, da kommt eine Type namens Trauerweide die Straße herauf und zerrt eine kleine Puppe an der rechten Hand mit sich.

Diese Type wird so genannt, weil er wirklich egal weg wie eine Trauerweide aussieht, und zwar besonders dann, wenn jemand ihn anzupumpen versucht. Genauer gesagt, wenn jemand, der ihn anpumpen will, sich zwei Minuten lang sein Gejammer anhören kann, wie schlecht es ihm geht, ohne selbst in bittere Tränen auszubrechen, dann muß er wirklich ein sehr hartherziger Geselle sein.

Schmerzenskind, der Tipster, erzählt mir, wie er Trauerweide einmal um einen Zehner anzupumpen versucht, und nachdem Trauerweide ihm auseinanderklaubt, wie hundsmiserabel es ihm geht, tut es ihm so leid, daß er hingeht und jemand anders um den Zehner anpumpt und ihn Trauerweide gibt, obwohl allgemein bekannt ist, daß Trauerweide eine Menge Zaster auf der hohen Kante hat.

Er ist ein großer, magerer Bursche mit einer breiten, traurigen und niederträchtigen Schnauze und kummervollen Stimme. Er ist so um sechzig herum und betreibt seit Menschengedenken einen Buchmacherladen drüben in der Neunundvierzigsten Straße, gleich neben einem chinesischen Restaurant. Genauer gesagt, Trauerweide ist einer der größten Buchmacher in der ganzen Stadt.

In der Öffentlichkeit erscheint er gewöhnlich immer allein, denn wenn er allein ist, kostet ihn das nichts, und es ist daher ein höchst erstaunlicher Anblick, ihn in Gesellschaft einer kleinen Puppe den Broadway heraufkommen zu sehen.

Und natürlich zerbrechen sich die Leute die Köpfe darüber, was das zu bedeuten hat, denn niemand hört je davon, daß Trauerweide eine Familie oder Verwandte irgendwelcher Art oder auch nur einen Freund in der ganzen Welt hat.

Die kleine Puppe ist wirklich eine sehr kleine Puppe, ihr Kopf reicht Trauerweide gerade bis ans Knie, aber Trauerweide hat natürlich sehr hohe Knie. Dazu ist es auch noch eine sehr hübsche kleine Puppe mit großen blauen Augen und rosa Pausbacken und einem Wuschel gelblicher Locken, die ihr bis auf den Rücken fallen, und kurzen, dicken Beinchen, und dabei hat sie ein so vergnügtes Lächeln an sich, obwohl Trauerweide sie in einem solchen Tempo die Straße entlangzerrt, daß ihre Füße auf dem Bürgersteig nur so entlangschleifen und sie eigentlich mehr Grund zum Greinen als zum Lächeln hat.

Trauerweide sieht wieder wie ein rechter Trauerkloß aus, was sein Gesicht zu einem geradezu herzzerreißenden Anblick macht, als er bei Mindy's vormarschiert kommt und uns ein Zeichen macht, ihm nach drin zu folgen. Jeder kann gleich merken, daß er sich über irgend etwas ernste Sorgen macht, und einige Herrschaften glauben schon, er findet womöglich plötzlich heraus, daß alle seine Moneten Falschgeld sind, denn keiner kann sich vorstellen, daß Trauerweide sich über etwas anderes als Geld Sorgen machen kann.

Kurz und gut, vier oder fünf von uns versammeln sich an dem Tisch, wo Trauerweide sich mit der Kleinen hinsetzt, und da legt er mit einer höchst verblüffenden Geschichte los.

Wie es scheint, kommt am frühen Nachmittag ein junger Mann, der seit einigen Tagen bei Trauerweide auf die Pferdchen setzt, mit der Kleinen an der Hand in sein Geschäftslokal gleich neben dem chinesischen Restaurant, und der junge Mann fragt, wieviel Zeit er noch bis zum Start des ersten Rennens auf die Empire Rennbahn hat.

Nun, es bleiben ihm nur noch ungefähr fünfundzwanzig Minuten, und darüber ist er anscheinend sehr niedergeschlagen, denn er erzählt Trauerweide, er hat für dieses Rennen ein sicheres Ding, das er am Abend vorher von jemandem kriegt, der ein Kumpan eines engen Freundes des Dieners von Jockey Workman ist.

Der junge Mann sagt, er hat vor, zwei Dollar auf diese sichere Sache zu setzen, aber als er zu Bett geht, hat er keinen derartigen Betrag bei sich, und so beschließt er, morgens früh und munter aufzustehen und rasch zu einer bestimmten Stelle in der Vierzehnten Straße runterzufahren, wo er jemanden kennt, von dem er die zwei Dollar kriegen kann.

Aber wie es scheint, verschläft er die Zeit, und jetzt gehen sie bald zum Start, und es ist zu spät, um noch nach der Vierzehnten zu fahren und rechtzeitig zurück zu sein, bevor das Rennen gelaufen ist, und das Ganze ist eine ziemlich traurige Geschichte, obwohl sie natürlich auf Trauerweide keinen besonderen Eindruck macht, denn er ist sowieso schon trauriger als sonstwas in dem bloßen Gedanken, daß er während des Nachmittags jemandem eine Wette auszahlen muß, selbst wo die Rennen überhaupt noch nicht angefangen haben.

Kurz und gut, der junge Mann erzählt Trauerweide, daß er versuchen wird, nach der Vierzehnten runterzufahren und rechtzeitig zurück zu sein, um auf den sicheren Platz zu setzen, denn er sagt, es ist geradezu ein Verbrechen, eine so fabelhafte Gelegenheit zu verpassen.

»Aber«, sagt er zu Trauerweide, »um ganz sicher zu sein, daß ich nichts verpasse, nehmen Sie diesen Schuldschein über zwei Dollar, und außerdem lasse ich die Kleine als Pfand hier, bis ich zurückkomme.«

Nun, unter gewöhnlichen Umständen wird es als eine große Torheit betrachtet, Trauerweide darum zu bitten, einen Schuldschein anzunehmen, denn es ist wohlbekannt, daß Trauerweide nicht einmal von einem Millionär wie Rockefeller einen Schuldschein annimmt. Kurz, Trauerweide kann einem fast das Herz brechen, wenn er einem erzählt, daß die Armenhäuser voll sind mit Buchmachern, die Schuldscheine annehmen.

Aber es trifft sich an diesem Tage so, daß das Geschäft gerade in Schwung kommt und Trauerweide ziemlich viel zu tun hat, und außerdem ist der junge Mann schon seit einigen Tagen sein ständiger Kunde und hat eine ehrliche Visage, und Trauerweide rechnet sich aus, daß der Junge die Kleine bestimmt nicht wegen zwei Dollar verfallen lassen wird. Im übrigen kann Trauerweide, auch wenn er nicht viel von Kindern versteht, ohne weiteres sehen, daß die Kleine zwei Dollar, wenn nicht mehr, wert sein muß.

Also nickt er zustimmend, und der junge Mann setzt die Kleine auf einen Stuhl und rennt eiligst aus dem Laden hinaus, um sich die Moneten zu holen, während Trauerweide eine Zweidollarwette auf »Kalten Aufschnitt«, was der Name dieser sicheren Sache ist, in sein Buch einschreibt. Dann vergißt er die ganze Geschichte für eine Weile, und unterdessen sitzt die Kleine so still wie ein Mäuschen in ihrem Stuhl und lächelt allen anwesenden Kunden zu, einschließlich den Chinesen aus dem chinesischen Restaurant nebenan, die hin und wieder hereinkommen, um eine Wette zu placieren.

Kurz und gut, »Kalter Aufschnitt« ist eine Niete und wird noch nicht einmal Fünfter, und am späten Nachmittag bemerkt Trauerweide plötzlich, daß der junge

Mann sich nicht wieder blicken läßt und die Kleine immer noch auf dem Stuhl sitzt, obwohl sie jetzt mit einem Fleischmesser herumspielt, das ihr einer der Chinesen aus dem chinesischen Restaurant nebenan mitbringt, damit sie ihren Spaß hat.

Schließlich ist es Zeit, den Laden zuzumachen, und die Kleine sitzt immer noch da, und in dieser Situation fällt Trauerweide nichts Besseres ein, als sie zu Mindy's mitzunehmen und dort bei verschiedenen Herrschaften gute Ratschläge einzuholen, denn er hält nichts davon, sie allein in seinem Geschäftslokal zu lassen, da Trauerweide dort keinem traut, nicht einmal sich selbst.

»Also«, sagt Trauerweide, nachdem er uns den ganzen Zinnober verpaßt, »was sollen wir in dieser Sache unternehmen?«

Nun, bis dahin weiß natürlich keiner von uns, daß wir irgendwie an dieser Sache beteiligt sind, und ich meinerseits verspüre keine Lust, daran beteiligt zu sein, aber da ergreift der Lange Nick, der Würfelspieler, das Wort.

»Wenn diese kleine Puppe wirklich den ganzen Nachmittag in deinem Laden herumsitzt«, sagt Nick, »dann wird es wohl das beste sein, ihr schnellstens was zu futtern zu geben, sonst glaubt ihr Magen womöglich noch, daß der Hals abgeschnitten ist.«

Das scheint eine recht vernünftige Idee zu sein, und Trauerweide bestellt also zwei Portionen Schweinshaxe mit Sauerkraut, was bei Mindy's stets ein sehr schmackhaftes Gericht ist, und die Kleine haut begeistert hinein und benutzt beide Hände zum Essen, obwohl eine fette ältliche Puppe am Nebentisch loslegt und sagt, wie man einem Kinde bloß so schreckliches Zeug um diese späte Stunde vorsetzen kann, und wo ist denn eigentlich die Mama?

»Immer mit der Ruhe«, sagt der Lange Nick daraufhin zu der ältlichen Puppe, »ich kenne eine Menge

Leute in dieser Stadt, die schon einen Schlag ins Kontor bekommen, nur weil sie ihre Nase in fremder Leute Angelegenheiten stecken, aber da bringen Sie mich auf eine Idee. Sag mal«, sagt er dann zu der Kleinen, »wo ist denn deine Mama?«

Doch die Kleine scheint es nicht zu wissen, oder vielleicht will sie diese Information auch nicht zur Kenntnis der Öffentlichkeit bringen, denn sie schüttelt bloß mit dem Kopf und lächelt den Langen Nick an, da sie den Mund viel zu voll hat mit Schweinshaxe und Sauerkraut, um eine Antwort zu geben.

»Wie heißt du?« fragt der Lange Nick, und da sagt sie etwas, was – wie der Lange Nick behauptet – wie Pfand klingt, obwohl ich meinerseits der Ansicht bin, daß sie Fanny sagen will. So bekommt sie jedenfalls den Namen, bei dem wir sie von da an immer rufen, und der Name ist Pfand.

»Das ist ein feiner Name«, sagt der Lange Nick, »und paßt auch ausgezeichnet zu ihr, schließlich ist sie ja ein Pfand, es sei denn, Trauerweide erzählt uns einen Riesenschwindel. Nun«, sagt der Lange Nick, »noch dazu ist es eine niedliche kleine Puppe, und ganz patent ist sie auch. Wie alt bist du, Fräulein Pfand?«

Sie schüttelt wieder nur mit dem Kopf, und daraufhin streckt Schmerzenskind, der Tipster, der behauptet, er kann das Alter eines Pferdes an den Zähnen erkennen, seine Hand zu ihr hinüber und steckt ihr einen Finger in den Mund, um sich ihr Porzellan anzusehen, aber sie glaubt anscheinend, daß Schmerzenskinds Finger ein Stück Schweinshaxe ist, und beißt so hart zu, daß Schmerzenskind ein mächtiges Geschrei losläßt. Aber er erklärt, daß er, bevor sie ihn fast zum lebenslänglichen Krüppel macht, genug von ihren Beißern sieht, um festzustellen, daß sie drei, höchstens vier ist, und das ist scheint's eine gute Schätzung. Jedenfalls kann sie nicht viel älter sein.

Kurz und gut, gerade in diesem Augenblick erscheint draußen vor Mindy's ein Kerl mit einem Leierkasten und beginnt eine Melodie herunterzuleiern, während seine treuliebende Gattin ein Tamburin unter den Leuten auf dem Bürgersteig herumreicht, und als Fräulein Pfand die Musik hört, da läßt sie sich von ihrem Stuhl herab, den Mund noch voll mit Schweinshaxe und Sauerkraut, die sie so hastig hinunterschluckt, daß sie fast daran erstickt, und dann sagt sie wie folgt:
»Pfand tanzen«, sagt sie.
Dann fängt sie an, zwischen den Tischen herumzuhopsen, und dabei rafft sie ihr kurzes Röckchen hoch und darunter kommt ein weißer Schlüpfer zum Vorschein. Es dauert nicht lange, da erscheint Mindy persönlich und gibt furchtbar an, daß sein Lokal kein Tanzboden ist, aber daraufhin erhebt sich ein Bursche namens Schlafmütze, der Fräulein Pfand mit großem Interesse beobachtet, und macht ihm das Anerbieten, ihm mit der Zuckerschale eins aufs Dach zu geben, falls er sich nicht gefälligst um seine eigenen Angelegenheiten kümmert.
Mindy geht also wieder weg, murmelt aber noch etwas vor sich hin, daß die weißen Schlüpfer einen unanständigen Eindruck machen, was natürlich großer Blödsinn ist, da viele ältliche Puppen dafür bekannt sind, daß sie allerhand Tänze bei Mindy's aufführen, und zwar besonders in den frühen Morgenstunden, wenn sie auf dem Nachhauseweg aus den Nachtlokalen rasch noch auf einen Imbiß vorbeikommen, und ich höre, daß sie manchmal nicht einmal weiße Schlüpfer anhaben.
Mir persönlich gefällt Fräulein Pfands Tanzen sehr gut, obwohl sie natürlich keine Pawlowa ist, und schließlich stolpert sie über ihre eigenen Füße und fällt auf die Nase. Aber sie steht lächelnd wieder auf und klettert auf ihren Stuhl zurück, und es dauert nicht

lange, da ist sie fest eingeschlafen, den Kopf an Trauerweide angelehnt.

Nun, es wird natürlich viel darüber diskutiert, was Trauerweide mit ihr machen soll. Die einen sagen, er soll sie aufs nächste Polizeirevier bringen, und die anderen sagen, es ist das beste, ein Inserat unter der Rubrik »Verloren und gefunden« in den Morgenblättern aufzugeben, so wie es Leute machen, die eine Angorakatze oder einen Pekinesen oder sonstwelche Biester finden, die sie nicht behalten wollen, aber dieser Vorschlag scheint bei Trauerweide keinen Anklang zu finden.

Schließlich sagt er, er wird sie mit zu sich nach Haus nehmen und sie dort schlafen lassen, während er sich durch den Kopf gehen lassen will, was mit ihr geschehen soll, und so nimmt Trauerweide die Kleine in seine Arme und schleppt sie hinüber in das olle Flohhotel in der Neunundvierzigsten Straße, wo er seit vielen Jahren ein möbliertes Zimmer hat, und hinterher erzählt mir ein Hotelpage, daß Trauerweide die ganze Nacht aufsitzt und auf sie aufpaßt, während sie schläft.

Nun, der Zufall will es, daß Trauerweide eine tiefe Zuneigung zu der Kleinen faßt, was höchst verwunderlich ist, da Trauerweide niemals zuvor jemanden oder irgend etwas gerne hat, und nachdem sie über Nacht bei ihm bleibt, kann er den Gedanken, sie wieder zu verlieren, einfach nicht mehr ertragen.

Ich meinerseits will lieber ein dreijähriges Wolfsbaby um mich herum haben als eine kleine Puppe wie diese, aber Trauerweide denkt, sie ist das Herrlichste, was es je in der Welt gibt. Er läßt hier und da einige Nachforschungen anstellen, um herauszufinden, zu wem sie gehört, und er kann sich vor Freude kaum fassen, als bei diesen Nachforschungen nichts herauskommt, obwohl von Anfang an keiner damit rechnet, daß auch nur das geringste dabei herauskommt, da es in dieser Stadt durchaus nicht ungewöhnlich ist, daß kleine Kinder in

Stühlen oder auf Türschwellen zurückgelassen werden, um dann von den Findern ins Waisenhaus abgeschoben zu werden.

Kurz und gut, Trauerweide sagt, er wird Fräulein Pfand behalten, und seine Stellungnahme erregt nicht wenig Erstaunen, denn wenn er Fräulein Pfand behält, so bedeutet das zwangsläufig Unkosten, und es scheint widersinnig, daß Trauerweide sich wegen irgend etwas in Unkosten stürzt. Als es anfängt, so auszusehen, als meine er wirklich, was er sagt, da denken sich viele Leute, daß irgend etwas dahinterstecken muß, und bald sind allerhand Gerüchte darüber im Umlauf.

Eines dieser Gerüchte ist natürlich, daß Fräulein Pfand möglicherweise sein eigener Nachkömmling ist, der ihm jetzt von der schmählich verlassenen Mama an den Hals gehängt wird, doch dieses Gerücht stammt von einem Burschen, der Trauerweide nicht kennt, und nachdem der betreffende Bursche nur einen flüchtigen Blick auf Trauerweide wirft, entschuldigt er sich gleich und sagt, er sieht ein, daß keine sitzengelassene Mama so hirnverbrannt ist, um sich leisten zu können, von einem Mann wie Trauerweide sitzengelassen zu werden. Ich meinerseits bin der Meinung, daß es lediglich seine eigene Angelegenheit ist, wenn Trauerweide die Kleine behalten will, und die meisten Herrschaften in der Gegend von Mindy's stimmen mir darin zu.

Aber das Unangenehme an der Geschichte ist, daß Trauerweide jeden gleich in die Geschichte mit Fräulein Pfand hineinzieht, und aus der Art und Weise, wie er zu den Leuten bei Mindy's über sie redet, kann man leicht den Schluß ziehen, daß jeder von uns persönlich für sie verantwortlich ist. Da die meisten Herren bei Mindy's Junggesellen sind oder zumindest wünschen, daß sie Junggesellen sind, so ist es ihnen höchst unbequem, plötzlich Familie auf dem Buckel zu haben.

Einige unter uns versuchen, Trauerweide klarzumachen, daß es – wenn er Fräulein Pfand behalten will – auch seine Sache ist, damit allein fertig zu werden, aber da redet Trauerweide gleich wieder trauriges Zeug über seine besten Freunde, die ihn und Fräulein Pfand gerade dann im Stich lassen, wenn sie ihrer am meisten bedürfen, daß jedes Herz schmilzt, obgleich wir bis dahin mit Trauerweide ungefähr so befreundet sind wie ein Einbrecher mit der Polente. Schließlich ist allabendlich bei Mindy's Sitzungsabend eines Komitees, das jedesmal was anderes betreffend Fräulein Pfand zu beschließen hat.

Als erstes beschließen wir, daß die Flohbude, wo Trauerweide wohnt, keine geeignete Bleibe für Fräulein Pfand ist, und so mietet Trauerweide eine große Wohnung in einem der feinsten Häuser in der Neunundfünfzigsten Straße mit dem Blick auf Central Park und gibt eine Menge Moneten für Möbel aus, obwohl Trauerweide bis dahin niemals mehr als einen Zehner pro Woche für Miete ausspuckt und auch das schon für Verschwendung hält. Ich höre, daß er für Fräulein Pfands Schlafzimmereinrichtung allein fünf Mille ausspuckt, nicht eingerechnet die goldene Toilettengarnitur, die er für sie kauft.

Dann kauft er ihr auch ein Automobil und stellt jemanden an, der sie herumkutschiert, und als wir Trauerweide darauf hinweisen, daß es ein schlechtes Licht auf Fräulein Pfand wirft, wenn sie mit ihm und einem Chauffeur allein zusammenwohnt, da engagiert Trauerweide ein französisches Püppchen mit kurzgeschnittenem Haar und knusprigen Wangen namens Mamselle Fifi als Gouvernante für Fräulein Pfand, und das scheint eine recht vernünftige Maßnahme zu sein, da Fräulein Pfand dadurch eine Menge Gesellschaft hat.

Sicher ist, daß viele Leute, bevor Trauerweide Mamselle Fifi engagiert, Fräulein Pfand schon für eine ziemliche Landplage halten und sich vor ihr und Trauerweide drücken, aber nachdem Mamselle Fifi auf der Bildfläche erscheint, da tut sich immer was bei Trauerweide in der Neunundfünfzigsten Straße sowie an seinem Tisch bei Mindy's, wenn er Fräulein Pfand und Mamselle Fifi zum Essen ausführt. Doch eines Tages kommt Trauerweide etwas früher als gewöhnlich nach Hause und erwischt Schlafmütze dabei, wie er Mamselle Fifi gerade abknutscht, und daraufhin setzt Trauerweide sie, hastenichtgesehen, an die frische Luft mit der Begründung, daß sie ein schlechtes Vorbild für Fräulein Pfand ist.

Daraufhin nimmt er eine alte Ziege namens Frau Clancy als Fräulein Pfands Gouvernante, und obwohl Frau Clancy zweifellos eine bessere Gouvernante als Mamselle Fifi ist und praktisch keine Gefahr besteht, daß sie ein schlechtes Vorbild für Fräulein Pfand ist, so tut sich jetzt lange nicht mehr soviel bei Trauerweide als vorher.

Es ist leicht zu sehen, daß Trauerweide, der als großer Knauser verrufen ist, jetzt die Moneten sehr locker sitzen hat. Er gibt nicht nur eine Menge für Fräulein Pfand aus, sondern beginnt auch große Zechen bei Mindy's und in anderen Lokalen zu machen, obwohl das Bezahlen großer Zechen Trauerweide bis dahin äußert widerwärtig ist.

Er geht sogar so weit, daß er sich anpumpen läßt, wenn es nicht ein zu wüster Pump ist, und, mehr noch, mit seiner Schnauze geht eine große Veränderung vor sich. Sie ist nicht mehr so traurig und gemein und sieht im Gegenteil mitunter sehr freundlich aus, und zwar speziell deswegen, weil Trauerweide es dahin bringt, dann und wann zu lächeln und jeden mit einem lauten Hallo zu begrüßen, und alles meint, der Bürgermeister soll Fräulein Pfand für das Zustandebringen einer so wunderbaren Veränderung einen Orden verleihen.

Inzwischen hat Trauerweide das kleine Fräulein

Pfand so liebgewonnen, daß er sie immerzu um sich herum haben will, und es dauert nicht lange, da wird er deswegen lebhaft kritisiert, daß er sie bei sich im Buchmacherladen hat mit den ganzen Chinesen und Tipstern, speziell den Tipstern, und sie immer in die Nachtlokale mitschleppt und sie bis in alle Herrgottsfrühe aufbleiben läßt, denn gewisse Leute finden, das ist nicht die richtige Erziehung für ein kleines Mädchen.

Wir halten also eines Abends über diese Angelegenheit eine Sitzung bei Mindy's ab und kriegen Trauerweide dazu, daß er Fräulein Pfand künftig aus seinem Buchmacherladen fernhält, aber uns ist bekannt, das Fräulein Pfand hat Nachtlokale so gern, und zwar besonders solche mit Musik, daß es eine wahre Schande wäre, sie dieses Vergnügens ganz zu berauben, und so einigen wir uns schließlich dahin, daß Trauerweide sie einmal in der Woche in den »Schwitzkasten« in der Vierundfünfzigsten Straße mitnimmt, was nicht weit von Fräulein Pfands Wohnung ist, und von dort kann Trauerweide sie nicht allzu spät nach Hause kriegen. Sicher ist, daß Trauerweide sie daraufhin selten länger als bis zwei Uhr morgens aufbleiben läßt.

Fräulein Pfand liebt Nachtlokale mit Musik deswegen so sehr, weil sie dort ihren Tanz vorführen kann, denn in puncto Tanzen, und zwar speziell allein, ist Fräulein Pfand wie verrückt, auch wenn sie es anscheinend niemals fertigbekommt, ihren Tanz ganz zu beenden, ohne auf die Nase zu fliegen, was gewisse Leute aber für ein höchst artistisches Finale halten.

Zwischen den regulären Tänzen spielt das Choo-Choo-Orchester im »Schwitzkasten« immer eine spezielle Nummer für Fräulein Pfand, und sie findet immer eine Menge Beifall, besonders bei den Broadway-Leuten, die sie alle kennen, obwohl Henri, der Manager vom »Schwitzkasten«, mir einmal erzählt, er ist gar nicht so scharf darauf, Fräulein Pfand in seinem Lokal tanzen zu haben, denn einige seiner besten Kunden aus der Park Avenue, die anscheinend ihren Tanz nicht ganz kapieren, darunter zwei Millionäre und zwei ältliche Katzen, brechen eines Abends in helles Gelächter aus, als Fräulein Pfand auf die Nase fliegt, und da haut der Lange Nick die beiden Herren in die Visage und kann nur im letzten Augenblick davon abgehalten werden, auch auf die beiden ältlichen Katzen einzuhauen.

Nun, an einem kalten, verschneiten Abend sitzen wieder zahlreiche Leute an ihren Tischen im »Schwitzkasten« und reden über dies und das und haben ein paar Schnäpse dazu, da kommt Trauerweide auf dem Nachhauseweg auf einen Sprung vorbei, denn Trauerweide geht jetzt in allen Lokalen ein und aus. Er hat Fräulein Pfand nicht bei sich, denn es ist nicht ihr Ausgehabend, und sie ist mit Frau Clancy zu Hause.

Kurz nachdem Trauerweide erscheint, kommt auch eine Persönlichkeit namens Blumenkohl-Willie herein, und dieser Blumenkohl-Willie ist einmal ein Boxkämpfer und hat ein Blumenkohl-Ohr, aus welchem Grunde er Blumenkohl-Willie genannt wird, und er ist berüchtigt dafür, daß er immer eine Schießstange in der Hosentasche bei sich trägt. Außerdem ist es wohlbekannt, daß er in seinem Leben schon eine ganze Menge Mitbürger abknallt, und daher hält man ihn eigentlich für einen sehr verdächtigen Gesellen.

Anscheinend kommt er deswegen in den »Schwitzkasten«, weil er Trauerweide mit Patronen durchlöchern will, denn am Tag vorher hat er wegen einer Rennwette Streit mit Trauerweide, und Trauerweide ist wahrscheinlich jetzt bereits mausetot, wenn nicht gerade in dem Augenblick, wo Blumenkohl-Willie die Schießstange herausnimmt und von einem gegenüberliegenden Tisch schon auf Trauerweide zu zielen beginnt, ausgerechnet Fräulein Pfand in den Laden hereinspaziert.

Sie hat ein langes Nachthemdchen an, das sich immerzu in ihren bloßen Füßen verheddert, während sie quer über das Tanzparkett rennt und Trauerweide auf den Schoß springt, und wenn Blumenkohl-Willie in diesem Moment losknallt, dann trifft er wahrscheinlich Fräulein Pfand, und das ist ganz und gar nicht Willies Absicht. Willie steckt also die Schießstange wieder ein, ist aber furchtbar verärgert und beschwert sich beim Hinausgehen bei Henri darüber, daß Kindern der Zutritt zu Nachtlokalen gestattet ist.

Nun, Trauerweide erfährt erst hinterher, daß Fräulein Pfand ihm das Leben rettet, da er noch viel zu entsetzt darüber ist, daß Fräulein Pfand vier oder fünf Straßen barfuß durch den Schnee stapft, um überhaupt an etwas anderes denken zu können, und die übrigen Anwesenden sind ebenfalls entsetzt und fragen sich, wie es möglich ist, daß Fräulein Pfand den Weg allein findet. Doch Fräulein Pfand hat scheint's keine richtige Erklärung ihres Verhaltens, außer der, daß sie mitten in der Nacht aufwacht und Frau Clancy fest schlafen sieht und plötzlich große Sehnsucht nach Trauerweide bekommt.

Da beginnt das Choo-Choo-Orchester auch schon Fräulein Pfands Nummer zu spielen, und daraufhin rutscht sie Trauerweide vom Schoß und läuft zum Tanzparkett hinüber.

»Pfand tanzen«, sagt sie.

Dann lüpft sie ihr Nachthemdchen und springt und hopst übers Tanzparkett, bis Trauerweide sie in seine Arme nimmt und in einen Mantel einpackt und nach Hause bringt.

Nun, wie sich herausstellt, liegt Fräulein Pfand von dem barfuß Herumlaufen im Schnee am nächsten Tag krank im Bett, und als es Abend wird, ist sie sogar schwer krank und hat anscheinend eine Lungenentzündung, und da bringt Trauerweide sie ins Krankenhaus, nimmt zwei Krankenschwestern und zwei Quacksalber und ist drauf und dran, weitere Krankenschwestern und Quacksalber zu nehmen, aber es wird ihm gesagt, daß dies für den Augenblick genügt.

Am folgenden Tag geht es Fräulein Pfand nicht besser, und am nächsten Abend geht es ihr noch schlechter, und die Krankenhausdirektion ist vollkommen aus dem Häuschen, weil nicht genug Platz da ist für die Körbe mit Früchten und Süßigkeiten und die Blumenarrangements und die Kisten mit Puppen und Spielzeug, die alle paar Minuten für Fräulein Pfand ankommen. Außerdem mißfallen der Direktion die Leute, die im Warteraum der Etage, wo Fräulein Pfand ihr Zimmer hat, auf Zehenspitzen hin und her rennen, darunter der Lange Nick und Schlafmütze und Palermo-Joey und Karnickel-Mike und viele andere prominente Herrschaften, und zwar speziell deswegen, weil die betreffenden Herrschaften alle ein Rendezvous mit den Krankenschwestern auszumachen versuchen.

Ich kann natürlich den Standpunkt der Krankenhausdirektion durchaus verstehen, muß aber hinzufügen, daß wahrscheinlich kein Krankenhausbesucher die Patienten jemals in so gute Stimmung versetzt wie Schlafmütze, der auf sämtliche Privatzimmer und sämtliche Stationen geht und für jeden Patienten ein freundliches Wort hat, und ich gebe nichts auf das Gerücht, daß er sich dabei nur umsieht, ob er was Lohnendes zum Mitnehmen finden kann. Sicher ist, daß ein ältliches Dämchen aus Rockeville Center, die an Gelbsucht leidet, furchtbar angibt, als Schlafmütze aus ihrem Zimmer hinausgeschmissen wird, denn er ist, wie er sagt, gerade mitten in einer Geschichte über einen Handelsreisenden, und sie will das Ende hören.

Bald gehen so viele prominente Herrschaften im Krankenhaus ein und aus, daß die Morgenblätter schließlich auf die Idee kommen, daß vielleicht ein prominenter Gangster, von Schüssen durchsiebt, im Krankenhaus liegt, und nach und nach trudeln auch die Reporter ein, um zu sehen, was los ist. Natürlich finden sie schnell heraus, daß sich das ganze Interesse nur um ein kleines Mädchen dreht, und während man eigentlich annehmen sollte, daß ein kleines Ding wie Fräulein Pfand kaum der Aufmerksamkeit der Reporter wert ist, so erhitzen sie sich anscheinend, als sie die Geschichte hören, mehr über sie, als wenn es Al Capone ist.

Kurz und gut, am nächsten Tag bringen alle Blätter lange Artikel über Fräulein Pfand und auch über Trauerweide und die anderen prominenten Herrschaften vom Broadway, die sich ihretwegen im Krankenhaus herumdrücken. Ferner berichtet ein anderer Artikel darüber, wie Schlafmütze die anderen Krankenhauspatienten aufheitert, und es klingt ganz so, als ob Schlafmütze wirklich ein herzensguter Geselle ist.

Fräulein Pfand ist den vierten Tag im Krankenhaus, da erscheint morgens gegen drei Trauerweide mit sehr traurigem Gesicht bei Mindy's. Er bestellt eine Portion Stör mit Schwarzbrot und erzählt dann, daß es Fräulein Pfand scheinbar von Minute zu Minute schlechter geht und daß seiner Ansicht nach die Ärzte ihr überhaupt nichts nützen, und daraufhin ergreift der Lange Nick, der Würfelspieler, das Wort.

»Nun«, sagt der Lange Nick, »wenn wir bloß Doktor Beerfeldt, den Lungenspezialisten, kriegen können, dann besteht gute Aussicht, daß er Fräulein Pfand im Handumdrehen kuriert. Doch natürlich«, sagt Nick, »ist es unmöglich, Doktor Beerfeldt zu kriegen, es sei denn, daß man jemanden wie John D. Rockefeller oder womöglich den Präsidenten der Vereinigten Staaten persönlich kennt.«

Natürlich weiß jeder, daß alles, was der Lange Nick da redet, durchaus stimmt, denn Doktor Beerfeldt ist der berühmteste Quacksalber in der ganzen Stadt, aber ein gewöhnlicher Sterblicher kann nicht einmal so nah an Doktor Beerfeldt herankommen, um ihm einen Pfirsich zu überreichen, geschweige denn, ihn dazu zu kriegen, einen Krankenbesuch zu machen. Er ist schon ein alter Knabe und praktiziert kaum noch, und wenn, dann nur für ein paar sehr reiche und einflußreiche Leute. Außerdem hat er selbst eine Menge Kies, so daß ihn Geld schon gar nicht interessiert, und überhaupt ist es grober Unfug, auch nur davon zu reden, Doktor Beerfeldt um diese Stunde aus dem Bett zu holen.

»Kennen wir nicht jemanden, der Doktor Beerfeldt kennt?« sagt Trauerweide. »Wen können wir bloß anrufen, der vielleicht so viel Einfluß auf ihn hat, daß er sich Fräulein Pfand wenigstens einmal ansieht? Ich zahle jeden Preis«, sagt er. »Fällt euch denn niemand ein?«

Kurz und gut, während wir uns alle die Sache durch den Kopf gehen lassen, da kommt plötzlich Blumenkohl-Willie an, und zwar kommt er, um Trauerweide ein paar aus der Büchse zu geben, aber noch bevor Blumenkohl-Willie losknallen kann, springt Schlafmütze auf und zieht ihn an einen Ecktisch und flüstert etwas in Blumenkohl-Willies heiles Ohr.

Wie Schlafmütze mit ihm redet, blickt Blumenkohl-Willie ganz erstaunt auf Trauerweide, und schließlich beginnt er mit dem Kopf zu nicken, und kurz darauf steht er auf und verläßt das Lokal im Laufschritt, während Schlafmütze an unseren Tisch zurückkommt und wie folgt spricht:

»Also«, sagt Schlafmütze, »laßt uns langsam ins Krankenhaus rüberspazieren. Ich habe Blumenkohl-Willie gerade in die Wohnung von Doktor Beerfeldt in der Park Avenue geschickt, den Alten zu wecken und ihn ins Krankenhaus zu bringen. Doch, Trauerweide«, sagt Schlafmütze, »im Falle, daß ihr ihn kriegt, mußt du versprechen, Willie die strittige Wette auszuzahlen, egal wieviel es ist. Willie ist wahrscheinlich sowieso im

Recht«, sagt Schlafmütze. »Ich kann mich nämlich genau entsinnen, wie du mich einmal um eine Wette beschubst, wo ich genau weiß, daß ich im Recht bin.«

Meinerseits halte ich Schlafmützes Gerede, daß er Blumenkohl-Willie nach Doktor Beerfeldt schickt, für ausgemachten Unsinn, und die anderen sind ganz meiner Meinung, aber wir nehmen alle an, daß Schlafmütze versucht, Trauerweide damit etwas Hoffnung zu machen, und auf alle Fälle hindert er damit Blumenkohl-Willie daran, ein paar Dinge auf Trauerweide abzuknallen, was äußerst rücksichtsvoll von Schlafmütze ist, und zwar speziell deswegen, weil Trauerweide momentan viel zu angespannt ist, als daß er sich jetzt auch noch vor einer Knallerei drücken kann.

Ungefähr ein Dutzend von uns gehen ins Krankenhaus hinüber, und wir bleiben fast alle in der Vorhalle unten im Erdgeschoß, während Trauerweide auf Fräulein Pfands Etage hinaufgeht und dort vor ihrem Zimmer wartet. Seitdem Fräulein Pfand zuerst ins Krankenhaus gebracht wird, wacht er immer an dieser Stelle und verläßt seinen Posten nur, wenn er ab und zu zu Mindy's hinübergeht, um dort was zu essen, und ab und zu öffnen sie die Tür einen Spalt, so daß er einen flüchtigen Blick auf Fräulein Pfand werfen kann.

Nun, so gegen sechs Uhr früh hören wir, wie draußen vor dem Krankenhaus ein Taxi hält, und kurz darauf erscheint Blumenkohl-Willie mit einer anderen Persönlichkeit von der Westseite namens Zweizentner-Finstein, den jeder als guten Freund von Willie kennt, und in der Mitte haben sie ein kleines altes Männchen mit einem Van-Dyck-Bart, das anscheinend nicht viel mehr als einen seidenen Morgenrock anhat und uns ziemlich erregt vorkommt, und zwar speziell deswegen, weil Blumenkohl-Willie und Zweizentner-Finstein ihn immerzu von hinten stupsen.

Es stellt sich heraus, daß dieses kleine alte Männchen

niemand anders als der berühmte Lungenspezialist Doktor Beerfeldt ist, und meinerseits sehe ich vorher nie einen so wütenden Mann, obgleich ich hinzufügen möchte, daß ich ihm keinen Vorwurf daraus mache, daß er wütend ist, und zwar besonders, nachdem ich erfahre, wie Blumenkohl-Willie und Zweizentner-Finstein seinem Butler eins über die Birne hauen, als er ihnen aufmacht, und wie sie dann schnurstracks in Doktor Beerfeldts Schlafzimmer hineinmarschieren und ihn mit vorgehaltenen Revolvern aus den Federn jagen und ihn auffordern, mit ihnen mitzukommen.

Ehrlich gestanden, halte ich ein solches Verhalten gegenüber einem der prominentesten Quacksalber für ausgesprochen unhöflich, und wenn ich an Doktor Beerfeldts Stelle bin, schreie ich als erstes wie ein Wilder nach den Blauen, und vielleicht spielt Doktor Beerfeldt auch mit einem solchen Gedanken, doch gerade als Blumenkohl-Willie und Zweizentner-Finstein ihn in die Vorhalle hineinstupsen, da kommt plötzlich Trauerweide die Treppen herunter. Und in dem Augenblick, wo er Doktor Beerfeldt erkennt, stürzt Trauerweide auf ihn zu und spricht wie folgt:

»Ach, Doktorchen«, sagt Trauerweide, »bitte helfen Sie meinem kleinen Mädchen. Sie liegt im Sterben, Doktorchen«, sagt Trauerweide, »sie ist noch ein ganz kleines Dingelchen, Doktorchen, und sie heißt Pfand. Ich bin bloß ein Spieler, Doktorchen, und ich bedeute weder Ihnen noch irgend jemand anderem was, aber bitte retten Sie die Kleine.«

Da faßt sich der gute Doktor an den Van-Dyck-Bart und sieht sich Trauerweide einen Augenblick an, und da kann er sehen, daß Trauerweide dicke Tränen in den Augen hat, und ich kann mir nicht helfen, aber vielleicht merkt der gute Doktor, daß es viele Jahre her ist, daß Tränen in diesen Augen sind. Daraufhin wirft der Doktor noch einen Blick auf Blumenkohl-Willie und

Zweizentner-Finstein und die übrigen sowohl wie auf die Schwestern und Internisten, die von überall angelaufen kommen, und schließlich redet er wie folgt:

»Was soll das heißen?« sagt er. »Ein Kind? Ein kleines Kind? Mein Gott«, sagt er, »ich stehe unter dem Eindruck, daß mich diese beiden Gorillas hier kidnappen, um mich zu irgendeinem andern kranken oder verletzten Gorilla zu bringen. Ein Kind? Das ist ja etwas ganz anderes. Warum sagen Sie denn das nicht gleich? Wo ist das Kind?« fragt Doktor Beerfeldt. »Und«, fügt er hinzu, »jemand muß mir ein Paar Hosen beschaffen.«

Wir folgen ihm alle nach oben bis vor die Tür von Fräulein Pfands Zimmer, und nachdem er drin ist, warten wir draußen, und da warten wir stundenlang, denn es scheint, als ob selbst der gute Doktor Beerfeldt in dieser Situation nicht mehr viel machen kann, auch wenn er es noch so sehr versucht. Und so gegen halb elf morgens öffnet er leise die Tür und macht Trauerweide ein Zeichen, hineinzukommen, und dann macht er uns allen Zeichen, ihm zu folgen, und dabei schüttelt er nur traurig den Kopf.

Wir sind so zahlreich, daß kaum Platz genug für uns alle ist rund um das etwas erhöhte, schmale Bett, auf dem Fräulein Pfand wie eine Blume vor einer weißen Wand liegt, ihre gelben Locken über das Kopfkissen ausgebreitet. Trauerweide sinkt neben dem Bett in die Knie und schluchzt ein wenig dabei, und ich höre Schlafmütze immerzu schniefen, als ob er einen Schnupfen hat. Fräulein Pfand scheint zu schlafen, als wir hereinkommen, doch während wir um das Bett herumstehen und auf sie niederblicken, da öffnet sie die Augen und sieht uns anscheinend und scheint uns sogar alle zu erkennen, denn sie lächelt jedem von uns der Reihe nach zu, und dann versucht sie, ihre kleine Hand nach Trauerweide auszustrecken.

Da kommt plötzlich durch das halbgeöffnete Fenster aus der Ferne der Klang von Musik, und zwar von einer Jazzkapelle, die in einem Saal nicht weit vom Krankenhaus Probe hat, und Fräulein Pfand hört die Musik, denn sie hält den Kopf so, daß jeder merken kann, daß sie zuhört, und dann lächelt sie uns allen nochmals zu und flüstert etwas vor sich hin.

»Pfand tanzen«, sagt Fräulein Pfand.

Und dann versucht sie, die Hand auszustrecken, als wolle sie ihr Röckchen hochheben, wie sie das beim Tanzen immer macht, doch ihre Hände fallen ihr wie weiche, weiße, leichte Schneeflocken auf die Brust, und für diese Welt hat Fräulein Pfand ausgetanzt.

Nun, Doktor Beerfeldt und die Krankenschwestern schicken uns sofort hinaus, und während wir draußen auf dem Korridor vor der Tür stehen, ohne ein Wort zu sprechen, da kommen ein junger Mann und zwei Dämchen – die eine alt, die andere nicht ganz so alt – furchtbar aufgeregt den Korridor entlanggelaufen. Anscheinend kennt der junge Mann Trauerweide, der sich wieder auf den Stuhl gleich neben der Tür hinsetzt, denn er stürzt auf Trauerweide zu und richtet das Wort an ihn.

»Wo ist sie?« sagt er. »Wo ist mein geliebtes Kind? Erinnern Sie sich nicht an mich?« sagt er. »Kürzlich lasse ich meine kleine Tochter bei Ihnen, während ich einen Geschäftsweg erledigen gehe, und auf diesem Geschäftsweg verliere ich das Gedächtnis, und am Ende lande ich zu Hause in Indianapolis bei meiner Mutter und meiner Schwester hier und erinnere mich nicht daran, wo ich mein Kind lasse, noch an irgendwas sonst.«

»Der arme Junge hat Amnesie«, sagt das ältere Dämchen. »Die Geschichte, daß er erst seine Frau in Paris und dann sein Kind in New York einfach sitzenläßt, entspricht nicht der Wahrheit.«

»Jawohl«, wirft das nicht ganz so alte Dämchen ein, »wenn wir nicht zufällig in der Zeitung die Geschichte lesen, daß Sie das Kind hier im Krankenhaus haben, erfahren wir wahrscheinlich niemals, wo sie steckt. Aber jetzt ist alles in bester Ordnung. Natürlich haben wir niemals gebilligt, daß Harold diese Person vom Theater heiratet, und erst kürzlich erfahren wir, daß sie in Paris kurz nach der Scheidung stirbt, was uns natürlich sehr leid tut. Aber jetzt hat sich alles zum Guten gewendet. Wir übernehmen natürlich die volle Verantwortung für das Kind.«

Während dieses ganzen Geredes blickt Trauerweide nicht ein einziges Mal zu ihnen auf. Er sitzt einfach da und schaut immerzu auf Fräulein Pfands Tür. Und während er so auf die Tür schaut, scheint etwas sehr Seltsames mit seiner Schnauze vorzugehen, denn plötzlich wird sie wieder die traurige, gemeine Schnauze, die sie ist, bevor er Fräulein Pfand je erblickt, und übrigens sieht sie von da ab nie mehr anders aus.

»Wir werden zu viel Geld kommen«, sagt der junge Bursche. »Wir erfahren nämlich gerade, daß mein geliebtes Kind Alleinerbin des Vermögens ihres Großvaters mütterlicherseits sein wird, und der alte Knabe hat es schon nicht mehr so weit bis zum Beerdigungsinstitut. Ich nehme an«, sagt er, »daß ich in Ihrer Schuld bin.«

Und da steht Trauerweide von seinem Stuhl auf, schaut den jungen Mann und die beiden Dämchen scharf an, und dann redet er wie folgt:

»Jawohl«, sagt er, »Sie schulden mir was, und zwar für den Schuldschein über die zwei Dollar, die Sie auf ›Kalten Aufschnitt‹ verlieren, und«, sagt er, »ich ersuche Sie, mir diesen Betrag sofort zu übersenden, damit ich Sie aus meinen Büchern tilgen kann.«

Daraufhin geht er den Korridor hinunter und verläßt das Krankenhaus, ohne sich auch nur ein einziges Mal umzusehen, und hinterher herrscht tiefes Schweigen, das nur durch das Schniefen von Schlafmütze unterbrochen wird sowie durch das erstklassige Schluchzen anderer, aber ich erinnere mich jetzt, daß keiner von uns so groß im Schluchzen ist wie Blumenkohl-Willie.

Zum Kämpfer geboren

Eines Abends schenkt mir ein Zeitgenosse namens Bill Corum, der so etwas wie ein Sportschreiber ist, einen »Chinesen« zu einem Boxkampf im Madison Square Garden – ein »Chinese« ist ein Billett mit lauter Löchern drin, wie bei altmodischen chinesischen Geldscheinen, womit es als Freibillett kenntlich ist –, und ich erkläre die Umstände, wie ich zu dem Billett komme, lediglich aus dem Grunde, damit um Himmels willen niemand glaubt, ich bin so einfältig und rücke für einen Boxkampf mit meinen eigenen Moneten heraus, selbst wenn ich welche habe.

Was mich betrifft, so gebe ich für einen Boxkampf nicht einmal ein gezinktes Fünfgroschenstück aus, weil in der Hälfte aller Fälle die Brüder, die sich da oben angeblich herumschlagen, doch nur die alten abgekarteten Faxen vormachen, und so etwas halte ich für einen Betrug am Publikum, und für Unehrlichkeit bin ich nun einmal nicht zu haben.

Aber ich schlage natürlich niemals einen »Chinesen« aus, weil ich meiner Rechnung nach außer meiner Zeit nichts dabei zu verlieren habe, und wie die Dinge stehen, ist meine Zeit sowieso nicht mehr als ein paar Groschen pro Woche wert. Ich stehe also an dem fraglichen Abend mit vielen anderen Zeitgenossen in der Vorhalle vom Madison Square Garden und versuche herauszufinden, ob irgendwelche faulen Geschäfte im Zusammenhang mit den Kämpfen im Gange sind, denn wenn solche faulen Geschäfte im Gange sind, möchte ich das immer wissen, da so etwas sehr nützlich ist für den Fall, daß man eine kleine Wette anlegen will.

Also, während ich da so herumstehe, versetzt mir

plötzlich jemand einen fürchterlichen Schlag auf die Hinterseite, daß mir fast die Puste wegbleibt, und ich bin sehr entrüstet darüber. Sobald ich wieder ein bißchen bei Puste bin, drehe ich mich um und will dem betreffenden Halunken einen kräftigen Stoß in die Rippen jagen, aber als ich näher hinsehe, ist es niemand anders als ein Bursche namens Spinne McCoy, der weit und breit als Manager von Boxern bekannt ist.

Natürlich unterlasse ich es, McCoy den geplanten Rippenstoß zu versetzen, denn erstens ist er ein alter Freund von mir und zweitens ist Spinne McCoy einer, der dazu neigt, jeden Angriff auf sich sofort mit einem linken Haken unters Kinn zu parieren, und ich halte nichts davon, mich in Unannehmlichkeiten einzulassen, besonders nicht mit Leuten, die einen guten linken Haken feuern können.

Ich sage also Hallo zu Spinne McCoy und will es dabei bewenden lassen, doch Spinne McCoy freut sich anscheinend, mich zu sehen, und fängt ein Gespräch mit mir an.

»Hör zu«, sagt er, »ich habe da gerade das größte Geschäft, das ich mir je in meinem Leben ausdenke, und wer weiß, vielleicht kann ich dich an selbigem interessieren.«

»Spinne«, sage ich daraufhin, »ich habe keine Lust, mir hier irgendwelche geschäftlichen Machenschaften anzuhören, denn das kann lange dauern, und ich will jetzt hineingehen und mir die Kämpfe ansehen. Im übrigen«, sage ich, »falls es sich um ein Geschäft handelt, das finanzielle Einlagen erfordert, so möchte ich ein für alle Male feststellen, daß ich im Augenblick keinerlei Einnahmequellen habe.«

»Laß mich mit den Kämpfen in Ruhe«, sagt Spinne McCoy. »Sind ja doch nur Flaschen. Und was die finanzielle Seite anbelangt«, sagt er, »so ist im Höchstfalle ein Zwanziger erforderlich, und mir ist bekannt, daß du einen Zwanziger in der Tasche hast, denn ich weiß, daß du vor noch nicht ganz einer Stunde Paletot-Obie um genau diesen Betrag anbeißt. Die Sache ist nämlich die«, sagt Spinne McCoy, »daß ich die größte Schwergewichtshoffnung der Welt an der Hand habe, und alles, was ich dazu brauche, sind die Unkosten für ein Taxi, um zu ihm hinzufahren.«

Alles in allem kenne ich Spinne McCoy seit über zwanzig Jahren, und in all diesen Jahren gibt es niemals eine Zeit, wo er nicht gerade hinter der größten Schwergewichtshoffnung der Welt her ist. Und solange Spinne McCoy weiß, daß ich den Zwanziger habe, hat es keinen Zweck, dumme Ausflüchte zu machen, und so stehe ich da und frage mich bloß, welcher Spitzel wohl meinen finanziellen Status an ihn verpfeifen kann.

»Hör zu«, sagt Spinne McCoy, »ich mache gerade die Entdeckung, daß ich in der Auswahl von Schwergewichtshoffnungen bisher immer schiefliege. Ich bin immer bloß auf möglichst große Aufzugnummern aus«, sagt er, »und begehe den Fehler, nicht nach der Abstammung zu gehen. Professor D. weist mich gerade mit ein paar klugen Winken darauf hin.«

Nun, sowie der Name von Professor D. fällt, fängt die Sache an, mich ein bißchen zu interessieren, denn es ist weit und breit bekannt, daß Professor D. einer der ausgekochtesten Burschen ist. Er ist einmal Professor an irgendeiner Universität in Ohio, gibt aber dieses Ruhepöstchen wieder auf, um sich mit dem Handicapen von Pferden zu befassen, und nebenbei gesagt, ist er ein erstklassiger Handicaper. Aber neben dem Handicapen von Pferden weiß er auch noch über eine Menge anderer Dinge Bescheid, und er ist überall äußerst geachtet, besonders am Broadway.

»Also«, sagt Spinne McCoy, »heute nachmittag lenkt Professor D. meine Aufmerksamkeit auf die Tatsache, daß jemand, der sich ein Rennpferd anschaffen will, nicht das erste beste Pferd kauft, das ihm gerade in die Quere kommt, sondern erst einmal ausfindig macht, ob seine Mama in ihrer Jugend nicht über ihre eigenen Stelzen stolpert. Professor D. erklärt mir, wie man die Schnelligkeit eines Pferdes nach seiner Abstammung bis zum Urururgroßpapa und zur Urururgroßmama abtaxieren kann«, sagt Spinne McCoy.

»Alles schön und gut«, sage ich daraufhin, »aber das weiß doch schließlich jeder, auch ohne vorher Professor D. zu fragen. Sicher ist, daß man sogar die Eltern des Pferdes aufsucht und sieht, ob sie auch durch Schlamm waten können, bevor man ihren Schößling in schwerem Boden auf Sieg setzt.«

»Klar«, sagt Spinne McCoy, »und keiner weiß das besser als ich, aber es wird mir erst richtig bewußt, nachdem Professor D. es zur Sprache bringt. Professor D. meint, daß jemand, der einen Jagdhund will, sich nicht einen lächerlichen Pekinesen kauft, und daß, wer einen Truthahn will, sich nicht ein Suppenhuhn vom Hinterhof anlacht.

Also«, fährt Spinne McCoy fort, »Professor D. fragt mich, warum ich mir nicht auf der Suche nach einem Boxkämpfer einen aussuche, der aus einer Familie von Boxkämpfern kommt. Professor D. möchte ferner wissen, warum ich mich nicht nach einem Burschen umsehe, der sozusagen Kämpferblut in den Adern hat, und nachdem ich mir das durch den Kopf gehen lasse, sehe ich ein, daß der Professor vollkommen recht hat.

Und dann ganz plötzlich«, fährt Spinne McCoy fort, »kommt mir der größte Einfall, den ich je im Leben habe. Erinnerst du dich noch an einen Burschen, den ich vor zwanzig Jahren habe, einen Burschen namens Shamus Mulrooney, alias ›Die Kämpfende Harfe‹?« sagt Spinne McCoy. »Einen riesigen, ungehobelten, unerhört harten Kerl aus Newark?«

»Natürlich«, sage ich, »erinnere ich mich an Shamus,

und zwar sehr gut. Ich sehe ihn das letzte Mal an dem Abend, an dem Hammerschlag Pat O'Shea ihn im Ring förmlich abschlachtet. Ich kenne sicher keinen Burschen, der mehr Mumm hat als Shamus, vielleicht mit Ausnahme von Pat.«

»Tja«, sagt Spinne McCoy, »Shamus hat das Herz eines Löwen. An dem Abend, von dem du sprichst, ist er allerdings schon ein erledigter Mann, sonst kann Pat niemals gegen ihn aufkommen. Kurz nach diesem Kampf packt Shamus seine Siebensachen und geht zu seinem Maurerhandwerk nach Newark zurück«, sagt Spinne McCoy, »und ungefähr um die gleiche Zeit heiratet er auch Pats Schwester Bridget.

Nun weiter«, fährt Spinne McCoy fort. »Da fällt mir ein, sie haben einen Jungen, der jetzt um neunzehn herum sein muß, und wenn je einer wie zum Kämpfer geboren ist, dann ist es ein Junge von Shamus Mulrooney und der Bridget O'Shea, denn«, meint Spinne McCoy, »auch Bridget ihrerseits könnte die Hälfte aller Schwergewichte, die sich heutzutage herumtreiben, aus dem Anzug stoßen, wenn sie auch nur halb so gut ist wie beim letzten Mal, wo ich sie sehe. Also jetzt kommt mein fabelhafter Einfall. Wir fahren nach Newark und holen uns den Jungen und machen ihn zum Weltmeister im Schwergewicht.«

»Deine Ausführungen sind hochinteressant, Spinne«, sage ich daraufhin, »aber woher weißt du, ob der Junge überhaupt ein Schwergewicht ist?«

»Na«, sagt Spinne McCoy, »wie kann er etwas anderes als ein Schwergewicht sein, wenn sein Papa so groß wie ein Haus ist und seine Mama in Unterröcken auch gut ihre Hundertsiebzig wiegt, obgleich ich natürlich«, sagt Spinne McCoy, »Bridget O'Shea noch niemals in dieser Aufmachung auf der Waage sehe.

Doch«, fährt Spinne McCoy fort, »auch wenn sie mehr auf den Rippen hat, als mir bei einem Dämchen lieb ist, so ist Bridget durchaus kein häßlicher Vogel, als sie Shamus heiratet. Ganz im Gegenteil«, sagt er, »sie ist sogar recht hübsch. Ich erinnere mich noch genau an die Hochzeit, weil sich dabei nämlich herausstellt, daß Bridget zur Zeit gerade in einen anderen Kerl verknallt ist, und der kommt, sich die Hochzeitsfeierlichkeiten anzusehen, und daraufhin jagt ihn Shamus die ganze Strecke von Newark bis Elizabeth, um dem Kerl ein paar Beine zu brechen, sobald er ihn einholt, aber«, sagt Spinne McCoy, »der Bursche ist viel zu schnell für Shamus, der sowieso immer schwach auf den Beinen ist.«

Nun, was Spinne McCoy mir da erzählt, leuchtet mir als ein sehr gesundes Geschäft ein, und am Ende gebe ich ihm den Zwanziger zur Finanzierung der Fahrt nach Newark.

Dann höre ich eine Woche nichts von Spinne McCoy, aber eines Tages ruft er mich an und sagt, ich soll doch schnell einmal in die Pioneer-Sporthalle hinüberkommen und mir Donnerkeil Mulrooney, den nächsten Weltmeister im Schwergewicht, ansehen.

Als ich Donnerkeil Mulrooney sehe, bin ich meinerseits irgendwie enttäuscht, besonders nachdem ich herausfinde, daß sein Vorname eigentlich Raymond und keinesfalls Donnerkeil ist, denn ich erwarte einen riesigen, ungestümen Kerl mit roten Haaren und dem Brustumfang einer Tonne, so wie ihn Shamus Mulrooney in seiner Blütezeit hat. Doch was ich erblicke, ist bloß ein hochaufgeschossener, blasser Junge mit blondem Haar und Storchenbeinen.

Ferner hat er hellblaue Augen, die einen in die Ferne schweifenden Blick haben, und dann spricht er mit einer leisen Stimme, die überhaupt keine Ähnlichkeit mit der Stimme von Shamus Mulrooney hat. Aber Spinne McCoy scheint mit Donnerkeil zufrieden zu sein, und als ich ihm sage, daß Donnerkeil mir nicht gerade wie der nächste Weltmeister im Schwergewicht aussieht, da redet Spinne McCoy wie folgt:

»Wieso denn?« sagt er. »Der Junge ist doch fast noch ein Baby und braucht Zeit, um Gewicht anzusetzen. Vielleicht wird er eines Tages sogar noch größer als der Herr Papa sein. Aber weißt du was«, sagt Spinne McCoy mit sichtlicher Entrüstung, »das schönste ist, Bridget Mulrooney will den Jungen durchaus nicht den nächsten Weltmeister im Schwergewicht werden lassen, genauer gesagt«, sagt Spinne McCoy, »sie macht einen Mordskrawall, als ich ihn holen komme, und Shamus muß erst ein Machtwort sprechen. Shamus meint, er weiß nicht, ob ich aus dem Jungen jemals einen Kämpfer machen kann, denn Bridget verhätschelt ihn so, daß er am Ende bloß noch ein Wollkopf ist, und Shamus sagt, ihm wird richtig übel davon, den Jungen immer im Haus herumsitzen zu sehen und nichts anderes tun als immerzu zu lesen und Zither zu spielen.«

»Spielt er auch jetzt noch Zither?« frage ich Spinne McCoy.

»Nein«, sagt Spinne McCoy daraufhin, »bei mir wird keine Zither gespielt. Meiner Meinung nach macht das einen Boxer zu weich. Der Junge spielt im Augenblick überhaupt nichts. Er scheint immerzu bloß in die Luft zu starren, aber das Ganze ist natürlich für ihn neu. Keine Sorge, er wird sich schon machen«, sagt Spinne McCoy, »denn an der richtigen Abstammung fehlt es ihm wirklich nicht. Wie ich von Shamus höre, sind die Mulrooneys schon in der alten Heimat prima Kämpfer«, sagt Spinne McCoy, »und Shamus erzählt mir auch, wie Bridgets Mutter einmal in Newark vier Blaue verdrischt, die sie davon abhalten wollen, ihrem Alten eine Tracht zu versetzen, und daraus«, sagt Spinne McCoy, »geht klar hervor, daß der Junge vor lauter Kämpferblut förmlich überkocht.«

Danach gehe ich noch ein- oder zweimal in die

Sporthalle, und Spinne McCoy gibt sich wirklich große Mühe mit Donnerkeil Mulrooney. Der Junge scheint sich zusehends zu verbessern und kann schon ganz leidlich boxen und am Sandsack arbeiten und was sonst noch dazugehört, aber er hat immer noch diesen in die Ferne schweifenden Blick, und ehrlich gestanden, ich kann mich nun einmal nicht für Boxer erwärmen, die einen in die Ferne schweifenden Blick an sich haben.

Schließlich ruft mich Spinne eines Tages an, um mir mitzuteilen, daß er für Donnerkeil einen Einleitungskampf über vier Runden in der St.-Nicolas-Arena abschließt, und zwar mit einem Burschen namens Bubbles Browning, der schon so alt ist, daß er kaum noch hinten hoch kann, und daraus kann ich ersehen, daß Spinne McCoy sehr vorsichtig in der Wahl von Donnerkeils Gegner vorgeht. Ich gratuliere Spinne McCoy also zu seiner Vorsicht.

»Nun«, sagt Spinne McCoy, »ich unterzeichne diesen Kampf eigentlich bloß, damit Donnerkeil das Gefühl für den Ring bekommt. Ich akzeptiere Bubbles, weil er erstens ein guter Freund von mir und zweitens sehr bedürftig ist, und außerdem«, sagt Spinne, »gibt er mir sein Ehrenwort, daß er Donnerkeil nicht weh tut und gleich bewußtlos hinfallen wird, sowie Donnerkeil den ersten Schlag landet. Weißt du«, sagt Spinne, »man muß junge Schwergewichtler fördern, und nichts fördert sie mehr, als wenn sie jemanden bewußtlos schlagen.«

Natürlich ist es für Bubbles ein leichtes, zu versprechen, er wird niemandem weh tun, denn schon als junger Bursche kann Bubbles nicht einmal eine Fliege knock-out schlagen, aber es freut mich, zu hören, daß Bubbles ebenfalls verspricht, schnell bewußtlos zu werden, da ich natürlich äußerst interessiert an Donnerkeils Karriere bin, schließlich bin ich ja an ihm beteiligt und investiere schon einen Zwanziger in ihn.

Ich bin also am Kampfabend schon frühzeitig in der

St.-Nicolas-Arena, und viele andere Zeitgenossen sind schon vor mir da, denn inzwischen bekommt Spinne McCoy eine Menge Reklame für Donnerkeil, weil er den Sportschreibern einen blauen Dunst über seine fabelhafte Abstammung vorerzählt, und jeder will dabei sein, wenn ein Bursche, der wie Donnerkeil zum Kämpfer geboren ist, in den Ring steigt.

Ich nehme einen Gast zu dem Kampf mit, und zwar Harry das Roß, der aus Brooklyn kommt, und da ich Spinne McCoy helfen will, soviel ich nur kann, sowohl wie meine in Donnerkeil investierten Moneten rückversichern will, ersuche ich Harry das Roß, Bubbles Browning in seiner Garderobe aufzusuchen und ihn an sein Versprechen zu erinnern, Donnerkeil nicht weh zu tun.

Harry das Roß tut mir den Gefallen und zeigt darüber hinaus Bubbles einen großen Revolver und erklärt ihm, daß er sich verpflichtet fühlt, ihm damit beide Ohren abzuschießen, falls er sein Versprechen nicht hält, aber Bubbles sagt, das ist alles höchst überflüssig, da seine Augen so schlecht sind, daß er sowieso niemanden treffen kann.

Dann kenne ich noch jemanden, der mit dem Burschen befreundet ist, der die Einleitungskämpfe schiedsrichtert, und sehe mich nach dem Betreffenden um, damit er dem Schiedsrichter sagt, er soll Bubbles disqualifizieren, sobald es so aussieht, daß Bubbles sein Versprechen vergißt und Donnerkeil weh tut, doch bevor ich die betreffende Persönlichkeit finde, da sagen sie schon den Eröffnungskampf an, und da ist Donnerkeil auch schon im Ring, mit seinem in die Ferne schweifenden Blick, und Spinne McCoy ist gleich hinter ihm.

Mir scheint, als sehe ich nie zuvor einen Burschen, der von oben bis unten so bleich aussieht wie Donnerkeil Mulrooney, aber Spinne McCoy zwinkert mir von oben zu, und ich kann sehen, daß alles klar ist wie Regenwasser, um so mehr, als Harry das Roß dem alten Bubbles Browning Zeichen macht, wie jemand, der jemand anders mit einem großen Revolver abschießt, und Bubbles grinst und zwinkert zurück.

Also, die Glocke zur ersten Runde ertönt, und Spinne McCoy gibt Donnerkeil einen Schubs zur Mitte des Rings, und Donnerkeil kommt mit vorgehaltenen Fäusten heraus, aber sein Blick scheint noch mehr als sonst in die Ferne zu schweifen, und mir schwant so etwas, daß Donnerkeil keineswegs den Killerinstinkt in sich hat, wie ich ihn bei Boxern so gern habe. Genauer gesagt, mir schwant, daß Donnerkeil von der ganzen Geschichte ganz und gar nicht begeistert ist.

Der alte Bubbles stolpert fast über seine eigenen Beine, als er aus seiner Ecke herauskommt, und dann macht er allerhand Faxen mit Donnerkeil und wartet darauf, daß Donnerkeil auf ihn losgeht, damit er bewußtlos niederfallen kann. Bubbles will natürlich nicht bewußtlos werden, ohne getroffen zu sein, weil so etwas dem Publikum verdächtig erscheint.

Also, statt auf Bubbles loszuschlagen, fällt Donnerkeil nichts Besseres ein, als sich umzudrehen und in eine neutrale Ecke hinüberzugehen und sich mit den Fäusten vorm Gesicht über die Seile zu lehnen und in Tränen auszubrechen. Natürlich ist das für jeden ein höchst überraschender Zwischenfall, und ganz besonders für Bubbles Browning.

Der Schiedsrichter geht zu Donnerkeil hinüber und versucht, ihn zu sich herumzudrehen, aber Donnerkeil verbirgt das Gesicht weiter hinter seinen Boxerhandschuhen und schluchzt so laut dabei, daß der Schiedsrichter zutiefst gerührt ist und auch seinerseits zu schluchzen anfängt. Zwischen zwei Schluchzern fragt er Donnerkeil, ob er den Kampf fortzuführen wünsche, und Donnerkeil schüttelt bloß den Kopf, obgleich eigentlich bis dahin überhaupt noch kein Kampf anfängt, und so erklärt der Schiedsrichter Bubbles Browning zum Sieger, was für Bubbles eine schreckliche Überraschung ist.

Dann legt der Schiedsrichter seine Hand um Donnerkeil herum und führt ihn hinüber zu Spinne McCoy, der mit einem sehr sonderbaren Gesichtsausdruck in seiner Ecke steht. Was mich betrifft, so finde ich die ganze Geschichte so empörend, daß ich in die frische Luft hinaus laufe, und wie ich mich da draußen eine Weile herumdrücke, bin ich jeden Augenblick darauf gefaßt, zu hören, daß Spinne McCoy sich in den Händen der Gendarmerie befindet, und zwar unter der Beschuldigung schwerer Körperverletzung.

Doch anscheinend passiert nichts dergleichen, und als Spinne schließlich herauskommt, sieht er zwar einigermaßen betrübt aus, aber nur weil er gerade hört, daß der Veranstalter sich strikt weigert, ihm die fünfzig Kröten auszuzahlen, die er für Donnerkeils Dienste bekommen soll, weil der Veranstalter auf dem Standpunkt steht, daß Donnerkeil keine Dienste leistet.

»Also«, sagt Spinne, »ich fürchte, das ist doch nicht der nächste Weltmeister im Schwergewicht. Mir scheint, es ist nichts mit der Theorie von Professor D. über Abstammung, wenigstens nicht, was Boxer anbelangt, obgleich«, fährt er fort, »sie für Pferde, Hunde und dergleichen stimmen mag. Ich bin sehr enttäuscht«, sagt Spinne, »aber schließlich und endlich haben mich Schwergewichtler immer bloß enttäuscht. Da bleibt nichts anderes übrig, als den Jungen wieder nach Hause zu bringen, denn«, sagt Spinne, »ich verspreche Bridget hoch und heilig, ihn persönlich bei ihr abzuliefern, falls ich außerstande bin, ihn zum Schwergewichtsmeister zu machen, denn sie hat Angst, daß er sich sonst verläuft.«

Spinne McCoy und ich bringen also Donnerkeil

Mulrooney am nächsten Tag nach Newark zurück und bringen ihn direkt bis vors Haus, das, wie sich herausstellt, ein nettes kleines Haus in einer Seitenstraße ist, ganz von Rasen umgeben, und Spinne und ich sind eigentlich sehr froh, daß der alte Shamus Mulrooney gerade nicht zu Hause ist, denn Spinne meint, Shamus ist gerade der Richtige, um allerhand Fragen zu stellen, von wegen der fünfzig Kröten, die Donnerkeil nicht bekommt.

Nun, als wir bei der Vordertür des Hauses sind, da kommt eine stramme, gutaussehende Puppe mit roten Backen ganz aufgeregt herausgelaufen, und sie schließt Donnerkeil in ihre Arme und küßt ihn, und da ist mir klar, das ist Bridget Mulrooney, und ich kann sehen, daß sie alles weiß, was passiert ist, und später erfahre ich sogar, daß Donnerkeil sie schon am Abend vorher antelephoniert.

Kurz darauf schiebt sie Donnerkeil ins Haus hinein und pflanzt sich wie ein Wachhund vor der Tür auf, als ob sie uns daran hindern will, einzutreten und ihn wieder mitzunehmen, was natürlich vollkommen überflüssig ist. Und unterdessen schluchzt Donnerkeil drin fest weiter, aber nach und nach hört er auf zu schluchzen, und aus irgendeiner Ecke des Hauses kommt der Klang von Musik, die sich wie Zithermusik anhört.

Also, Bridget Mulrooney spricht kein Wort, während sie da so in der Haustür steht, und Spinne glotzt sie fortwährend an, und zwar in einer Weise, die ich absolut für ungesittet halte. Ich frage mich, ob er womöglich eine Empfangsbescheinigung für Donnerkeil haben will, aber da spricht er schon selbst wie folgt:

»Bridget«, sagt Spinne, »ich hoffe stark, du hältst mich nicht für unverschämt, aber ich möchte den Namen des Burschen wissen, mit dem du damals gehst, gerade bevor du Shamus heiratest, ich erinnere mich seiner ganz genau«, sagt Spinne, »aber ich kann nicht auf seinen Namen kommen, und es ärgert mich jedesmal, wenn ich nicht auf einen Namen kommen kann. Es ist ein hochgewachsener, magerer Bursche mit hohler Brust und sanfter Stimme, und er liebt Musik.«

Also, da steht Bridget Mulrooney in der Haustür und glotzt zurück, und ich habe ganz den Eindruck, als ob plötzlich das Rot aus ihren Wangen verschwindet, und gerade in diesem Augenblick hören wir fürchterliches Geschrei, und um die Ecke kommt ein Haufen von fünf oder sechs Bengels, die anscheinend vor einem anderen Jungen ausreißen.

Dieser betreffende Junge ist nicht besonders groß und ist fünfzehn oder sechzehn, hat rotes Haar und eine Menge Sommersprossen und ist anscheinend sehr wütend auf die anderen Jungens. Jedenfalls schlägt er wie wild mit seinen Fäusten auf sie ein, sowie er sie einholt, und ehe jemand piep sagen kann, hat er drei von ihnen platt wie Eierkuchen am Boden, während die andern Zeter und Mordio schreien.

Offen gestanden, ich kenne keinen anderen Jungen mit so fabelhafter Schlagkraft, besonders keinen mit einer solchen Linken, und Spinne McCoy ist ebenfalls sehr beeindruckt und beobachtet den Jungen mit großem Interesse. Dann eilt Bridget Mulrooney dazu, packt den sommersprossigen Bengel mit einer Hand, knallt ihm eine mit der andern und zerrt ihn unter fürchterlichem Geschrei zu Spinne McCoy hinüber.

»McCoy«, sagt Bridget, »das hier ist mein jüngster Sohn Terence, und obgleich er kein Schwergewicht ist und nie ein Schwergewicht sein wird, wird er sich vielleicht besser für Ihre Zwecke eignen. Wollen Sie sich nicht gelegentlich mit seinem Vater über ihn unterhalten?« sagt Bridget. »Und in der Hoffnung, daß Sie sich angewöhnen, Ihre Nase künftig in Ihre eigenen Angelegenheiten zu stecken, wünsche ich Ihnen einen schönen guten Tag.«

Darauf geht sie mit dem Jungen unterm Arm ins Haus zurück und knallt uns die Tür direkt in die Visage, und uns bleibt nichts anderes übrig, als wieder abzuziehen. Und wie wir so vor uns hingehen, da schnalzt Spinne McCoy plötzlich mit den Fingern, wie wenn ihm gerade etwas einfällt, und sagt ungefähr dies:

»Jetzt weiß ich, wie der Bursche heißt«, sagt er. »Er heißt Cedric Tilbury und ist Aufseher in Hamburgers Warenhaus und«, sagt Spinne, »kann die Zither spielen.«

Neulich sehe ich in der Zeitung, daß Jimmy Johnston, der große Promoter, den Rasenden Terry Mulrooney, die neue Sensation im Leichtgewicht, für einen Meisterschaftskampf verpflichtet, aber nach dem, was Spinne McCoy mir sagt, scheint meine Geldeinlage bei ihm für keinen Boxer aus seinem Stall zu gelten, außer vielleicht für Schwergewicht.

Und es sieht ganz so aus, als läßt Spinne McCoy sich nicht mehr mit Schwergewichten ein, seitdem er den Rasenden Terry hat.

Prinzessin O'Hara

Prinzessin O'Hara ist natürlich keine richtige Prinzessin, und ehrlich gestanden ist sie nichts weiter als eine kleine rothaarige Puppe aus der Zehnten Avenue, mit einer Menge Sommersprossen, und ihr richtiger Name ist Maggie, und der einzige Grund, weshalb sie Prinzessin O'Hara genannt wird, ist wie folgt.

Sie ist die Tochter von König O'Hara, der seit ungefähr fünfundzwanzig Jahren am Broadway eine der altmodischen Pferdedroschken kutschiert, und jedes Mal, wenn König O'Hara sich einen ansäuselt, was er praktisch jeden Abend tut, ob Regen oder Mondschein, dann protzt er damit, daß er das königliche Blut Irlands in den Adern hat, und deshalb macht jemand den Anfang damit und nennt ihn König, und solange ich mich zurückerinnern kann, ist dies sein Beiname, obwohl mich dünkt, was König O'Hara in Wirklichkeit in den Adern hat, sind gut achtundneunzig Prozent Alkohol.

Jedenfalls erscheint König O'Hara eines Abends vor ungefähr sieben oder acht Jahren an seinem Droschkenstand vor Mindy's Restaurant am Broadway und hat eine kleine spindelbeinige Puppe von ungefähr zehn Jahren neben sich auf dem Bock sitzen, und er erzählt, daß die Kleine niemand anders als seine Tochter ist, daß er auf sie aufpassen muß, weil seine Alte sich nicht besonders fühlt, und daraufhin streckt Zauber-Louie, der Spieler, schnurstracks die Hand aus und zwickt die Kleine und richtet das Wort an sie:

»Wenn du die Tochter eines Königs bist, dann mußt du eine Prinzessin sein«, sagt Zauber-Louie. »Wie geht's Prinzessin?«

Also, von diesem Augenblick an ist sie Prinzessin O'Hara; und so kutschiert sie einige Jahre lang häufig in den frühen Abendstunden mit dem König herum, und wenn der König wieder einmal einen zuviel hinter die Binde gießt, dann lenkt sie selbst den alten Goldberg, des Königs Pferd, obwohl Goldberg eigentlich nicht viel Lenkung braucht, da er sich am Broadway besser als jeder andere auskennt. Sicher ist, daß dieser Goldberg ein richtig kluges altes Haus ist, und der König nennt ihn Goldberg zu Ehren eines jüdischen Freundes namens Goldberg, der ein Delikatessengeschäft in der Zehnten Avenue hat.

Um diese Zeit ist Prinzessin O'Hara ungefähr so hausbacken wie eine Zementwand, und vielleicht sogar noch hausbackener als das, teils wegen der Sommersprossen, teils wegen der Storchenbeine und einiger vorstehender Zähne, und überhaupt wiegt sie pitschnaß höchstens sechzig Pfund und hat ihre roten Haare hinten in Zöpfen herunterhängen, und wenn jemand zu ihr spricht, dann kichert sie blöd; also spricht schließlich keiner mehr viel zu ihr, aber König O'Hara scheint große Stücke auf sie zu halten.

Dann kommt sie anscheinend nach und nach nicht mehr mit dem König mit, und als zufällig einmal jemand nach ihr fragt, da sagt der König, daß seine Alte der Meinung ist, die Prinzessin sei schon zu erwachsen, um sich am Broadway herumzutreiben, und daß sie jetzt auf die höhere Mädchenschule geht. Kurz, nachdem sie sich einige Jahre nicht mehr sehen läßt, denkt keiner mehr daran, daß König O'Hara überhaupt eine Tochter hat, und offen gesagt, keinen regt das besonders auf.

Nun, König O'Hara ist ein kleiner, verschrumpfter alter Kerl mit einer sehr roten Gurke, und all und jedem am Broadway ist er eine vertraute Erscheinung, wie er da herumkutschiert mit seinem hohen Röhrenhut, der ihm auf der Birne so weit zur Seite überkippt, daß es immer so aussieht, als ob er im nächsten Augenblick herunterfallen soll, und im übrigen hängt auch der König seinerseits immer so weit nach einer Seite hinüber, daß es eine sichere Sache zu sein scheint, daß er im nächsten Augenblick auf dem Boden landet.

Es ist wirklich höchst überraschend, wie der König sich auf dem Bock seiner Droschke hält, und Zauber-Louie gewinnt einmal eine Wette mit einem Glücksspieler namens Oliven-Oscar aus St. Louis, der es Louie acht zu fünf legt, daß der König sie nicht durch den Central Park fahren kann, ohne vom Bock zu fallen. Aber Zauber-Louie wettet natürlich, denn er läßt sich schon oft von König O'Hara durch den Central Park fahren und weiß, daß der König niemals vom Bock fällt, egal wie weit er auch überhängt.

Was mich betrifft, so fahre ich nicht sehr oft mit dem König, denn seine Droschke ist eine so alte Karre, daß ich immer Angst habe, der Boden wird unter mir einbrechen, und daß ich mich dann halb zu Tode rennen muß, um das Tempo mitzuhalten, denn der König ist auf seinem Bock gewöhnlich viel zu sehr in das Singen seiner irischen Heimatlieder vertieft und kümmert sich eigentlich kaum darum, was mit seinen Passagieren passiert.

Es gibt in der Stadt eine ganze Menge dieser Droschken. Es sind niedrige, vierrädrige Fuhrwerke mit vier oder fünf Sitzplätzen, und sie sind besonders im Sommer sehr beliebt bei Herren und Puppen, die im Central Park spazierenfahren und ein bißchen frische Luft schnappen wollen, ganz speziell, wenn es sich um Herren und Puppen handelt, die ungezwungen einen hinter die Binde kippen wollen, während sie frische Luft schnappen.

Ich persönlich halte es für viel bequemer und billiger, eine Auto-Taxe und keinen altmodischen Landauer zu nehmen, wenn man wohin fahren will, aber Herren und Puppen, die mal gemütlich einen zwitschern wollen, haben natürlich kein festes Ziel, jedenfalls nicht so schnell. Die Droschken, die gewöhnlich an den Zugängen zum Park stehen, machen also im Sommer ein recht gutes Geschäft, denn wie auch die Zeiten sind, gibt es anscheinend immer Damen und Herren, die gemütlich mal einen zwitschern wollen.

Doch König O'Hara pflanzt sich immer vor Mindy's auf, denn zu seinen regelmäßigen Kunden gehören viele Herrschaften vom Broadway, die nicht besonders aufs Saufen aus sind, außer wenn gerade gesoffen wird, die aber in heißen Sommernächten gern ein bißchen im Park spazierenfahren, um sich abzukühlen, obwohl um die Zeit, von der ich spreche, die Geschäfte am Broadway überall so flau sind, daß König O'Hara mit seinem Geschäft mehr auf Fremde angewiesen ist.

Also, was geschieht eines Abends, als König O'Hara auf der Anfahrt zu Mindy's gesichtet wird? Da sitzt er so schräg auf seinem Bock, daß Oliven-Oscar, der seine verlorene Wette wieder zurückgewinnen will, es Zauber-Louie sechs zu fünf legen will, daß der König herunterplumpst, und Louie will schon zuschlagen, da – plautz – purzelt der König auf das harte Pflaster und ist mausetot, was beweist, was für einen Dusel Zauber-Louie hat, denn keiner hält es für möglich, daß dem König je so was passieren kann, und selbst Goldberg, das Pferd, hält an und sieht äußerst erstaunt auf ihn hinunter und steht dabei mit einem Hinterhuf auf dem Röhrenhut des Königs. Die Ärzte stellen fest, daß O'Haras Herz glatt nicht mehr mitmacht, und kurz darauf meint Schmerzenskind, der Rennbahnwetter, daß der König sich wahrscheinlich plötzlich daran erinnert, irgendwann einmal einen Freischnaps ausgeschlagen zu haben.

Einige Tage darauf stehen viele Zeitgenossen vor

Mindy's, und der Lange Nick, der Würfelspieler, sagt gerade, daß alles nicht mehr so wie früher ist, seitdem König O'Hara sich verzogen hat, als plötzlich ein Landauer vorfährt, in dem alle gleich König O'Haras alte Karre erkennen, besonders, weil sie von Goldberg gezogen wird.

Und wer sitzt auf dem Bock, mit König O'Haras altem, zerknülltem Röhrenhut ganz verwegen aufs Ohr gesetzt? Niemand anders als eine rothaarige Puppe von vielleicht achtzehn oder neunzehn, mit Sommersprossen übers ganze Gesicht, und obwohl es Jahre her ist, seit ich sie sehe, und wenn sich auch anscheinend allerhand verändert, so weiß ich sofort, daß es niemand anders ist als Prinzessin O'Hara.

Sicher ist, daß sie jetzt eine hübsche junge Puppe ist, wie man sie sich nicht hübscher wünschen kann, auch mit den Sommersprossen, denn die hervorstehenden Zähne scheinen verschwunden zu sein, und ihre Beine sind jetzt sehr hübsch ausgepolstert, wie auch alles übrige an ihr.

Außerdem hat sie ein Paar blaue Augen, die eine Wonne zum Ansehen sind, und ein Lächeln, das auch nicht von schlechten Eltern ist, und alles in allem ist sie ein höchst erfreulicher Anblick.

Kurz, ihr Erscheinen in diesem Aufzug gibt natürlich zu allerhand Bemerkungen Anlaß, und einige Herrschaften sind schnell zur Hand, sie als nicht besonders damenhaft zu kritisieren, bis sich schließlich der Lange Nick, der Würfelspieler, einschaltet und in aller Ruhe die Erklärung abgibt, daß er jedem, der sich noch eine Dreistigkeit erlaubt, ein Ohr abreißt. Denn der Lange Nick hat anscheinend erfahren, daß König O'Hara außer einer Witwe und sechs Kindern nichts weiter hinterläßt als das Pferd mit der Droschke, und Prinzessin O'Hara als die Älteste ist die einzige, die alt genug zum Geldverdienen ist, und ihr fällt dafür nichts Besseres ein, als die Zügel des Papas da wieder aufzunehmen, wo er sie fallen läßt.

Schmerzenskind wirft nur einen flüchtigen Blick auf Prinzessin O'Hara, und schon klettert er schnurstracks in den Landauer hinein und sagt ihr, sie soll ihn ein paarmal um den Central Park herumfahren, obwohl es allgemein bekannt ist, daß kein Landauer weniger als zwei Kröten pro Stunde kostet und daß das einzige Kapital, das Schmerzenskind im letzten Monat anschafft, ein Zwanziger ist, den er sich von Zauber-Louie als Kostgeld ausborgt. Doch von da an besteht alle Aussicht, daß Schmerzenskind Prinzessin O'Haras bester Kunde sein wird, falls er weitere Zwanzigernoten anschaffen kann; aber die Konkurrenz wird zu scharf für ihn, besonders von seiten Zauber-Louies, der im Moment eine recht prominente Persönlichkeit am Broadway und stark bei Kasse ist, obwohl ich persönlich nichts für ihn übrig habe, denn Zauber-Louie ist einer von den Brüdern, die sich den Hals ausrenken, um ein übles Ding zu drehen, und ehrlich gestanden wartet er mitunter geradezu darauf, sich den Hals auszurenken.

Er wird Zauber-Louie genannt, weil er in jungen Jahren auf den großen Ozeankästen zwischen hier und Europa hin- und herfährt und mit den anderen Passagieren Poker spielt, und wie er dabei immer nach dem Ziehen der letzten Karte gewinnt, das wird für reinen Zauber gehalten, besonders wenn Zauber-Louie am Austeilen ist. Aber Zauber-Louie reist schon lange nicht mehr auf den Ozeankästen, da eine solche Tätigkeit nicht mehr in Mode ist und Zauber-Louie ohnehin einträglichere Interessen hat, die ihn voll und ganz in Anspruch nehmen, wie zum Beispiel Würfelspielen und dergleichen.

Es besteht kein Zweifel darüber, daß Zauber-Louie ziemlichen Gefallen an Prinzessin O'Hara findet, aber er kann natürlich nicht seine ganze Zeit damit verbringen, in einer Droschke herumzukutschieren, und so haben dann und wann auch andere Zeitgenossen Gelegenheit, ihr etwas zu verdienen zu geben, und ich selbst lasse mich einmal von Prinzessin O'Hara herumfahren, und es ist in der Tat eine sehr nette Abwechslung, zumal sie während der Fahrt zu singen pflegt, genau wie der alte König O'Hara zu seiner Zeit.

Aber Prinzessin O'Hara singt nicht die ollen irischen Kamellen, sondern Sachen wie »Kathleen Mavourneen« und »My wild Irish Rose« und andere solche Liedchen, und wenn sie mit ihrer lauten Altstimme richtig loslegt, während sie so in den frühen Morgenstunden durch den Central Park kutschiert, dann wachen die Vögel in den Bäumen auf und beginnen zu piepsen, und in weitem Umkreis bleiben alle diensttuenden Blauen stehen und lächeln übers ganze Gesicht, und die Leute, die in den Häusern an den Rändern des Central Parks leben, kommen an die Fenster und lauschen.

Da geschieht es eines Abends im Oktober, daß Prinzessin O'Hara nicht an ihrem Stand vor Mindy's erscheint, und ihre Abwesenheit verursacht Spekulation und einige Bestürzung, bis der Lange Nick auftaucht und die Mitteilung macht, daß der alte Goldberg mit einer Kolik oder was Ähnlichem darniederliegt, und da steht Prinzessin O'Hara also und hat kein Pferd.

Die Nachricht wird von allen mit großer Betrübnis aufgenommen, und daraufhin wird von einer Geldsammlung gesprochen, um der Prinzessin vielleicht ein neues Pferd zu kaufen, aber niemand macht lange bei dieser Idee mit, weil jeder im Augenblick so schwer zu kämpfen hat, und als der Lange Nick erwähnt, daß vielleicht Zauber-Louie allzu gerne etwas Großzügiges in der Sache arrangieren wird, da begeistert sich auch für diese Idee keiner, da vielen die Art und Weise mißfällt, wie Zauber-Louie der Prinzessin nachstellt, denn es ist wohlbekannt, daß Zauber-Louie nichts als ein Schürzenjäger ist, wenn es sich um junge Puppen dreht, und jedenfalls spricht Schmerzenskind wie folgt:

»Also«, sagt Schmerzenskind, »das ist großer Blödsinn, dieses Gequatsche von Geldvergeuden für einen Pferdekauf, selbst wenn wir in Geld schwimmen, wo doch die Ställe draußen auf der Empire-Rennbahn zur Zeit mit Viechern jeder Art und Form vollgepackt sind. Das beste ist, wir schicken da eine Abordnung raus«, sagt Schmerzenskind, »und borgen uns einen netten Gaul für Prinzessin O'Hara aus, bis Goldberg wieder auf den Beinen ist.«

»Aber«, sage ich zu Schmerzenskind, »angenommen, keiner will uns ein Pferd leihen?«

»Ach was«, sagt Schmerzenskind, »ich habe natürlich nicht vor, jemanden zu fragen, ob er uns gütigst ein Pferd borgen will. Ich sage, laßt uns ein Pferd borgen, ohne groß danach zu fragen. Die meisten Rennpferdbesitzer sind so fürchterlich empfindlich und könnten es als eine Beleidigung ihrer Pferde auffassen, wenn wir herkommen und uns eins für eine Droschke ausborgen wollen, also holen wir uns einfach das Pferd, und damit erledigt.«

Nun, ich stelle fest, daß mir das verdammt nach Stehlen aussieht, und Stehlen ist keineswegs rechtschaffen oder ehrlich, und Schmerzenskind muß zugeben, daß es wirklich große Ähnlichkeit mit Stehlen hat, aber er sagt, was denn schon dabei ist, und da ich nicht weiß, was dabei ist, setze ich die Diskussion nicht weiter fort.

»Außerdem«, sagt Schmerzenskind, »versteht es sich von selbst, daß wir das geborgte Pferd zurückbringen, sobald Goldberg wieder gesund und munter ist.« Und so sehe ich ein, daß es schließlich und endlich kein Verbrechen ist, oder zumindest kein sehr großes.

Doch nach langen Diskussionen stellt sich heraus, daß vom Broadway anscheinend keiner was vom Pferdestehlen versteht. Es gibt da genug Herrschaften, die sich im Stehlen von Diamentenhalsbändern oder Gasöfen genau auskennen, aber wenn es zu Pferden kommt, dann erklärt sich jeder unzuständig. Es ist wirklich erstaunlich, welch ein Ausmaß von Ignoranz am Broadway herrscht betreffs Pferdestehlen.

Da hat Schmerzenskind eine glänzende Idee. Wie es scheint, gastiert in Madison Square Garden gerade ein Rodeo, was eine Art Wildwestschau ist mit lauter wilden Pferden und Cowboys und sonstigem Zubehör, und Schmerzenskind entsinnt sich anscheinend daran, in seinen Jünglingsjahren davon zu lesen, daß draußen, im wilden Westen, das Pferdestehlen ein sehr populärer Zeitvertreib ist.

Also geht Schmerzenskind eines Abends im Madison Square Garden vorbei und spricht dort mit einem Cowboy in Lederhosen und fragt den Cowboy, der anscheinend Laramie Pink heißt, ob vielleicht Fachleute im Pferdestehlen bei dem Rodeo tätig sind. Ferner setzt er Laramie Pink genau auseinander, weshalb er einen guten Pferdedieb braucht, und Pink zeigt großes Interesse an der Sache und fragt, ob die leihweise Überlassung eines wilden Präriegauls genügen würde, und als Schmerzenskind nein sagt, da ergreift Laramie Pink das Wort.

»Nun«, sagt er, »wo ich herkomme, da wird das Pferdestehlen für eine höchst antiquierte Sitte gehalten und in besseren Kreisen schon lange nicht mehr praktiziert, aber«, sagt er, »da fällt mir ein, daß wir hier eine Type namens Bratpfannen-Joe haben, der zwar zu alt ist und jetzt nur noch als Aufpasser für das Vieh zu gebrauchen ist, der aber in seiner Blütezeit draußen in Colorado angeblich ein großartiger Pferdedieb ist. Vielleicht ist Bratpfannen-Joe an Ihrem Vorschlag interessiert«, sagt Laramie Pink.

Er schafft also Bratpfannen-Joe heran, und wie sich herausstellt, ist Bratpfannen-Joe ein kleines altes Väterchen mit Kinnbart und traurigem Gesicht und weitkrempigem Cowboyhut, und als sie ihm sagen, daß er ein Pferd stehlen soll, da scheint Bratpfannen-Joe sehr gerührt zu sein und ergreift mit Tränen in den Augen das Wort.

»Ach«, sagt Bratpfannen-Joe, »Ihr Vorschlag weckt viele schöne Erinnerungen in mir. Es ist mehr als zwanzig Jahre her, seit ich mein letztes Pferd stehle, und dieses letzte Mal bringt mir drei Jahre im Kittchen ein. Ach«, sagt er, »Ihr Auftrag ehrt mich, aber ich bin ganz aus der Übung und habe hier auch keine Gelegenheit, mich in Form zu bringen. Doch«, sagt er, »für zehn Dollar bin ich bereit, mein Bestes zu tun, solange ich nicht persönlich das zu stehlende Pferd ausfindig zu machen habe. Ich bin nämlich mit den hiesigen Verhältnissen nicht vertraut und weiß nicht, wo ich hingehen muß, um ein Pferd zu finden.«

Also fahren Schmerzenskind, der Rennbahnwetter, und der Lange Nick, der Würfelspieler, und Bratpfannen-Joe noch am gleichen Abend nach Empire City hinaus, und wie sich herausstellt, ist das Stehlen eines Pferdes so einfach, daß es Schmerzenskind schon leid tut, daß er sich nicht selber den Zehner verdient, denn Bratpfannen-Joe braucht bloß zu den Ställen, wo die Pferde im Empire City untergebracht sind, hinüberzugehen und sich dort ein bißchen umzusehen, bis er an eine Gruppe von Ställen kommt, wo anscheinend gerade keine Wärter in Gestalt von Stalljungen anwesend sind. Dann geht Bratpfannen-Joe einfach in den Stall hinein und kommt mit einem Pferd an der Hand wieder heraus, und falls ihn jemand sieht, so muß er annehmen, daß er dazu berechtigt ist, weil natürlich nicht einmal Sherlock Holmes es für denkbar hält, daß jemand in dieser Stadt Pferde stiehlt.

Nun, als Schmerzenskind einen prüfenden Blick auf das Pferd wirft, sieht er sofort, daß Bratpfannen-Joe kein gewöhnliches Pferd stiehlt. Es handelt sich um Gallant Godfroy, eines der besten Handicap-Pferde im ganzen Land, Sieger in einigen der größten Rennen des Jahres, und Gallant Godfroy ist mindestens fünfundzwanzig Mille wert, wenn nicht mehr, und als Schmerzenskind diese Tatsache erwähnt, sagt Bratpfannen-Joe, das ist zweifellos das wertvollste Stück Pferdefleisch, das er jemals stiehlt, obwohl er behauptet, daß er einstmals beim Pferdestehlen in Colorado zweihundert Pferde auf einen Schub stiehlt, was sich wahrscheinlich summa summarum auf mehr beläuft.

Sie bringen Gallant Godfroy nach der Zehnten Avenue, wo Prinzessin den alten Goldberg in einem kleinen Stall, der eigentlich nur ein Schuppen ist, stehen hat, und lassen Gallant Godfroy dort Seite an Seite mit Goldberg, der fürchterlich stöhnt und sich höchst besorgniserregend aufführt, und dann bedanken sich Schmerzenskind und der Lange Nick bei Bratpfannen-Joe und sagen ihm Lebewohl.

Und so hat Prinzessin O'Hara am nächsten Abend Gallant Godfroy vor ihre Droschke gespannt, und es ist nur gut, daß Gallant Godfroy ein nettes zahmes Tierchen ist, dem es nichts ausmacht, einen Wagen zu ziehen, und es scheint ihm sogar Spaß zu machen, obwohl der lieber im Galopp geht als in dem langsamen Trab, wie ihn die alten Böcke, die sonst diese Droschken ziehen, gewöhnlich bevorzugen.

Und während sich Prinzessin O'Hara darüber im klaren ist, daß dies nur ein geborgtes Pferd ist und zurückgegeben werden muß, wenn Goldberg wieder gesund ist, so erzählt ihr keiner genau, was für ein Pferd es ist, und als sie Gallant Godfroy Goldbergs Geschirr anschnallt, da verändert sich sein Aussehen so sehr, daß selbst der offizielle Starter ihn nicht mehr erkennt, auch dann nicht, wenn er ihm direkt ins Auge sieht.

Nun, etwas später höre ich, daß überall auf der Rennbahn große Bestürzung herrscht, als sie merken, daß Gallant Godfroy verschwindet, aber sie vertuschen die Sache, da sie annehmen, daß er sich nur mal irgendwo herumtreibt, und da er für bestimmte große Rennen später in der Saison eingeschrieben ist, wollen sie es nicht publik werden lassen, daß er von seinem Stall abwesend ist. Also schicken sie ganze Banden von Leuten auf die Suche nach ihm, aber natürlich kommt keinem von ihnen die Idee, ein Rennpferd von Klasse vor einer Droschke zu suchen.

Als Prinzessin O'Hara mit ihrem neuen Pferd bei Mindy's aufkreuzt, da möchten viele Herrschaften gern die erste Fahrt mit ihr machen, aber bevor jemand pieps sagen kann, kommt schon Ambrose Hammer, der Zeitungsschreiber, der einen fremdländisch aussehenden Jungen bei sich hat, und spricht wie folgt:

»Steig ein, Georges«, sagt Ambrose, »wir machen eine Tour durch den Park, und zum Abschluß gehen wir dann ins Kasino.«

Damit dampfen sie ab, und in diesem Moment beginnt eine der größten Liebesgeschichten, die der Broadway jemals erlebt, denn der fremdländisch aussehende Junge, den Ambrose mit Georges anredet, faßt anscheinend auf den ersten Blick eine wundersame Zuneigung zur Prinzessin, und am folgenden Abend erfahre ich von Wachtmeister Corbett, dem motorisierten Blauen, der im Central Park Dienst tut, daß sie an ihm vorbeifahren und daß Ambrose Hammer hintendrin sitzt, aber Georges vorne auf dem Bock neben Prinzessin O'Hara.

Und Wachtmeister Corbett erzählt mir auch, daß Georges den alten Röhrenhut von König O'Hara aufhat, während Prinzessin O'Hara mit ihrer lauten Altstimme »My wild Irish Rose« mit einer Begeisterung wie nie zuvor singt.

Sicher ist, daß sie Ende der Woche eines Nachts gegen vier Uhr morgens genau so herumkutschieren. Aber diesmal fährt Prinzessin O'Hara die Seite der Straße entlang, die Central Park West heißt, weil sie an die Westseite des Parkes grenzt, und sie biegt deshalb in diese Straße ein, weil sie vom Columbus Circle den Broadway heraufkommt und vorhat, vom Central Park West aus durch die Transversale an der Sechsundzwanzigsten Straße nach der Fünften Avenue hinüberzukreuzen, wobei zu bemerken ist, daß eine Transversale nichts weiter ist als eine Fahrstraße, die quer durch den Park von Central Park West nach der Fünften Avenue geht.

Es gibt mehrere solche Transversalen, und ich habe keine Ahnung, weshalb sie nicht einfach Straße oder Fahrdamm statt Transversale genannt werden, außer vielleicht deshalb, weil Transversale hochgestochener klingt. Diese Transversalen sind eigentlich wie Tunnel ohne Dach, speziell die Transversale an der Sechsundsechzigsten Straße, die ungefähr einen halben Kilometer lang ist und reichlich breit genug, so daß Autos in entgegengesetzter Richtung aneinander vorbeifahren können, aber wenn ein Auto einmal in der Transversale drin ist, dann besteht keine andere Möglichkeit, wieder herauszukommen, außer an dem einen oder anderen Ende. Es ist nichts mit Umdrehen zwischen Central Park West und Fünfter Avenue, denn die Transversale an der Sechsundsechzigsten Straße ist ein tiefer Durchstich mit hohen Mauern auf beiden Seiten.

Nun, Prinzessin O'Hara hat den fremdländisch aussehenden Jungen neben sich auf dem Bock sitzen, und hinten auf dem Sitz hockt halb eingeschlafen Ambrose Hammer und kehrt sich sonstwas darum, worüber sich die beiden da oben unterhalten. Und als Prinzessin O'Hara gerade dabei ist, Gallant Godfroy in die Transversale zu lenken, da kommt ein großer Bierwagen am Central Park West entlanggerollt.

Und natürlich ist nichts Ungewöhnliches an einem Bierwagen, der um diese Stunde am Central Park West entlangrollt, da Bier jetzt völlig legal ist, aber als dieser Bierwagen gerade Prinzessin O'Haras Landauer überholen will, da taucht plötzlich wie aus dem Nichts ein kleiner Wagen mit zwei Burschen drin auf und fährt Seite an Seite mit dem Lastauto, und einer der Burschen ersucht den Fahrer des Bierwagens, unverzüglich anzuhalten.

Natürlich wissen Prinzessin O'Hara und ihre Passagiere in diesem Moment nicht, daß dies einer der ersten Überfälle auf einen legalen Biertransport ist, der in diesem Lande veranstaltet wird, daß sie also einem wirklich historischen Ereignis beiwohnen, obwohl das alles erst später herauskommt. Hinterher kommt ebenfalls heraus, daß eine der Persönlichkeiten, die diese historische Tat vollbringen, niemand anders ist als ein Bursche namens Fats O'Rourke, den sie drüben auf der Westseite für einen der führenden Leute halten, und daß er diesen Biertransport nicht etwa deshalb überfällt, weil er eine Verschwörung gegen die Brauerei-Industrie vorhat, sondern lediglich deswegen, weil er einige Mille wert ist und Fats O'Rourke im Augenblick einige Mille gerade sehr gut gebrauchen kann.

Es stellt sich heraus, daß der Bursche, den er bei sich hat, ein Kerl namens Fliegen-Joe ist, der in jeder Hinsicht ein total nichtsnutziges Subjekt ist, und viele Leute sind etwas erstaunt, als sie hören, daß Fats O'Rourke sich mit so etwas überhaupt einläßt.

Nun, falls der Fahrer des Bierwagens ohne viel Fisimatenten dem Ersuchen nachkommt und stoppt, dann kann ihm nichts weiter passieren, als daß er sein Bier einbüßt. Aber anstatt sein Lastauto einfach zu stoppen, versucht der Fahrer, glatt weiterzufahren, und da wird Fats O'Rourke plötzlich ungeduldig und zieht die altbewährte Schießstange raus und gibt dem Fahrer: peng, peng.

Fats O'Rourke hat kaum losgeknipst, da ist Fliegen-Joe schon oben auf dem Führersitz des Lastautos und reißt das Steuerrad an sich, gerade als der Fahrer es losläßt und auf seinen Sitz zurückfällt, und Fats O'Rourke steigt Fliegen-Joe nach, und jetzt erst sieht er Prinzessin O'Hara und ihre Fahrgäste, und dabei wird ihm bewußt, daß diese Persönlichkeiten die ganze Geschichte mit dem Bierkutscher mit ansehen, obwohl der Central Park sonst so ziemlich ausgestorben ist, und falls jemand in den Wohnhäusern drüben die Schüsse hört, dann denkt er sehr wahrscheinlich, es kann nur eine Fehlzündung bei einem Auto sein.

Sicher ist jedenfalls, daß Fliegen-Joe mit dem Motor allerhand Fehlzündungen hat, und zwar gerade in dem Moment, wo Fats O'Rourke die Prinzessin und ihre Fahrgäste sieht, und nur wer zufällig die Funken aus Fats O'Rourkes Schießstange beobachtet oder das Summen hört, das Prinzessin O'Hara, der fremdländisch aussehende Junge und Ambrose Hammer hören, nur der kann wissen, daß Fats mit dem altbewährten Ding auf den Landauer losknallt.

Wahrscheinlich hat Fats O'Rourke nichts dagegen, daß er bei seinem Überfall auf einen legalen Biertransport Zuschauer hat, und er wird vielleicht sogar in späteren Jahren ihre Aussage begrüßen, falls jemand ihm seinen Ruhm, als erster einen solchen Transporter zu überfallen, streitig machen will, aber Fats schätzt natürlich solche Zuschauer nicht, die ihn dabei beobachten, wie er gerade einen abmurkst, denn solche Zuschauer gehen oft hin und erzählen allerhand Klatsch über solche Vorfälle und verursachen dadurch unliebsame Meinungsverschiedenheiten.

Er knallt also viermal auf Prinzessin O'Hara und ihre Fahrgäste, und ihr Glück ist, daß Fats O'Rourke niemals ein großer Scharfschütze ist. Es ist weiterhin ihr Glück, daß es mit der Munition zu Ende ist, denn Fats O'Rourke kann natürlich nicht ahnen, daß er beim Überfall auf einen legalen Biertransport so viele Patronen braucht, und hinterher kann man seine Schätzung nur wenig kritisieren, da jeder einsieht, daß es sich um eine höchst beispiellose Situation handelt.

Nun, Prinzessin O'Hara schwenkt jetzt Gallant Godfroy gerade in die Transversale, da sie zu dem Schluß kommt, daß dies nicht der geeignete Moment ist, weiter in dieser Gegend herumzulungern, und sie ist kaum innerhalb der Mauern der Transversale, da erkennt sie, daß sie sich so ungefähr die schlechteste Stelle ausgesucht hat, denn sie hört hinter sich fürchterliches Gerassel, und als sie einen Blick zurückwirft, da sieht sie den Bierwagen angerast kommen, und was das schlimmste ist, er kommt direkt auf den Landauer zu.

Nun, Prinzessin O'Hara ist kein Dummkopf, und sie kann sehen, daß der Bierwagen nicht durch reinen Zufall auf den Landauer zukommt, denn es ist genug Raum zum Überholen da. Also erachtet sie es als das Beste, sich wenn irgend möglich nicht von dem Bierwagen einholen zu lassen, und das ist eine sehr gesunde Beurteilung der Lage, denn wie Fliegen-Joe hinterher aussagt, hat Fats O'Rourke ihn beordert, von der Seite her in den Landauer hineinzurasseln und ihn an der Seitenwand der Transversale zu zerquetschen, wobei es Fats O'Rourkes Absicht ist, Prinzessin O'Hara und ihre Fahrgäste daran zu hindern, jemals über die Transaktion mit dem Lastwagenfahrer zu reden.

Kurz und gut, Prinzessin O'Hara steht von ihrem Sitz auf und feuert Gallant Godfroy an, und Gallant Godfroy legt ganz schön los, aber wie sie sich umschaut, da sieht sie, wie der Bierwagen am Hinterrad des Landauers ist und ein Höllentempo vorlegt. Sie greift also zur Peitsche und versetzt Gallant Godfroy ein paar kräftige Sachen ins Vestibül, und wenn Gallant Godfroy etwas haßt, dann ist es eine Peitsche. Daraufhin macht er einen mächtigen Sprung vorwärts, der den Landauer von dem Bierwagen gerade in dem Moment wegzieht, wo Fliegen-Joe ihn neben den Landauer bringt und zum Zerquetschen ansetzt, wobei Fats O'Rourke ihm seine Anweisungen zuruft, und nach diesem Sprung vorwärts ist Gallant Godfroy nicht mehr zu halten.

Während sich das abspielt, steht der fremdländisch aussehende Junge kreischend und lachend neben Prinzessin O'Hara auf dem Bock, da er wahrscheinlich annimmt, daß es bloß ein lustiges freundschaftliches Wettrennen ist. Doch Prinzessin O'Hara lacht ganz und gar nicht, und Ambrose Hammer lacht auch nicht.

Innerhalb der nächsten hundert Meter kriegt Fliegen-Joe den Lastwagen nochmals längsseits, und es sieht wirklich so aus, als ob ihr letztes Glöckchen läutet, da gibt Prinzessin O'Hara Gallant Godfroy noch ein paar Sachen mit der Peitsche, und Gallant Godfroy kommt wahrscheinlich zu dem Schluß, daß sein Jockey ihn in der Geraden bearbeitet, denn er legt ein solches Höllentempo vor, daß er fast sein Halsband verliert und den Lastwagen mit anderthalb Längen hinter sich läßt.

Und gerade als Gallant Godfroy richtig aufdreht, da reicht Fats O'Rourke hinüber und gibt dem Steuerrad des Bierautos eine scharfe Wendung und glaubt, das Zerquetschen ist jetzt eine sichere Sache, und als nächstes saust der Lastwagen mit einem Mordskrach in die Mauer hinein, überschlägt sich, bis er völlig zerknautscht ist, und die Bierfässer fliegen munter herum, und manche gehen auf, und das legale Bier läuft heraus.

Inzwischen galoppiert Gallant Godfroy wie wild aus der Transversalen hinaus und überquert die Fünfte Avenue in einem solchen Tempo, daß Prinzessin O'Haras Landauer kaum noch den Boden berührt, und ein Blauer, der ihn vorbeirasen sieht, erzählt hinterher, daß Gallant Godfroy buchstäblich durch die Luft fliegt, aber ich persönlich halte das für eine Übertreibung.

Jedenfalls galoppiert Gallant Godfroy noch zwei Häuserblocks über die Fünfte Avenue hinaus, bevor Prinzessin O'Hara ihn zum Halten bringt, und auch dann hat er noch allerhand Pfeffer in sich, aber Prinzessin O'Hara ist jetzt vollkommen durchgedreht, und Ambrose Hammer ist erschöpft, und der fremdländisch aussehende Junge scheint als einziger seinen Spaß an der Geschichte zu haben, obwohl er nicht mehr so fidel ist, als er hört, daß die Blauen zwei Leichen unter dem Lastwagen herausziehen, einschließlich Fliegen-Joe, der gerade lange genug lebt, um die ganze Geschichte zu erzählen.

Fats O'Rourke erstickt unter einem Haufen legaler Bierfässer, was viele Zeitgenossen für ein wahrhaft grausiges Ende halten, aber den Fahrer des Lastautos macht die Kugel ins Herz fertig, und es kann ihm deshalb kreuzegal sein, ob sein Lastauto kaputt ist oder nicht, obwohl natürlich im Falle seines Überlebens seine Arbeitgeber ihn wahrscheinlich für den Verlust des Biers verantwortlich machen.

Die Einzelheiten über das Wettrennen in der Transversalen höre ich größtenteils von Ambrose Hammer, und ich erfahre ebenfalls von Ambrose Hammer, daß Prinzessin O'Hara und der fremdländisch aussehende Junge an dem schlimmsten Anfall von Verliebtheit leiden, den Ambrose je erlebt hat, und Ambrose Hammer muß es wissen, denn er erlebt in seinem Leben allerhand schwere Fälle von Verliebtheit mit. Ferner erzählt mir Ambrose, daß sie nicht nur verliebt sind, sondern vorhaben, so schnell wie möglich zu heiraten.

»Nun«, sage ich, »ich hoffe bloß, daß alles mit dem jungen Mann in Ordnung ist, denn Prinzessin O'Hara verdient nichts als das Beste«, sage ich, »und ein Prinz ist gerade gut genug für sie.«

»Nun«, sagt Ambrose, »ein Prinz ist genau das, was sie kriegt. Ich glaube zwar nicht, daß man heutzutage beim Pfandleiher viel dafür bekommt, aber der Titel des Prinzen Georges Latour ist drüben in Frankreich sehr angesehen, obwohl«, sagt er, »verlautet, daß die stolze alte Familie nicht mehr soviel Zaster wie früher hat. Aber er ist ein netter junger Mann, und was bedeutet Geld im Vergleich zu Liebe?«

Auf diese Frage weiß ich natürlich keine Antwort, und Ambrose auch nicht, aber am gleichen Tage treffe ich am Broadway die Prinzessin und den fremdländisch aussehenden Jungen, und ich sehe, wie ihnen das olle Liebesgeplinker so hell aus den Augen strahlt, daß ich fast glaube, vielleicht bedeutet Geld doch nicht soviel im Vergleich zur Liebe, obwohl ich für meinen Teil wahrscheinlich lieber erst einmal das Geld nehme.

Ich bleibe stehen und sage Hallo zu Prinzessin O'Hara und frage sie, wie es ihr geht, und sie sagt, es geht ihr prima.

»Genau gesagt«, sagt sie, »ist die Welt in jeder Hinsicht wunderbar. Georges und ich heiraten in ein paar Tagen und gehen nach Paris in Frankreich, um dort zu leben. Anfangs befürchte ich, daß wir lange zu warten haben, denn ich kann natürlich meine Mutter und die Kinder nicht unversorgt zurücklassen – doch«, sagt Prinzessin O'Hara, »was geschieht plötzlich: Schmerzenskind verkauft mein Pferd für tausend Dollar an Zauber-Louie, und damit geht alles in Ordnung.

Natürlich«, sagt Prinzessin O'Hara, »ist der Ankauf meines Pferdes von seiten Zauber-Louies nichts weiter als ein Akt der Güte und Menschenfreundlichkeit, denn mein Pferd ist ja keineswegs tausend Dollar wert, aber ich nehme an, Louie tut es aus alter Freundschaft für meinen Papa. Ich muß gestehen«, sagt sie, »daß ich einen falschen Eindruck von Louie habe, denn als ich ihn das letzte Mal sehe, da schlage ich ihm eins ins Gesicht, weil ich denke, er will frech werden. Jetzt sehe ich ein, daß es wahrscheinlich nur sein väterliches Interesse an mir ist, und es tut mir sehr leid.«

Nun, wie ich Zauber-Louie kenne, ist er einer von den Brüdern, die einem ein Glas Milch für eine ausgewachsene Kuh andrehen, und ich bin sehr beunruhigt über Prinzessin O'Haras Darstellung des Pferdeverkaufs, daß Schmerzenskind Gallant Godfroy verkauft, ohne sich daran zu erinnern, daß es nur ein geborgtes Pferd ist, das in gutem Zustand zurückerstattet werden muß, und ich suche daher sofort Schmerzenskind auf und bringe ihm gegenüber meine Befürchtungen zum Ausdruck, aber er lacht bloß und richtet das Wort an mich wie folgt:

»Mach dir keine Sorgen«, sagt er, »die Sache ist die, daß Zauber-Louie gestern abend vorbeikommt und mir eine Mille überreicht und folgendermaßen zu mir spricht: ›Kauf mir Prinzessin O'Haras Pferd, und wenn du unter einer Mille bleibst, ist das übrige deins.‹

Nun«, fährt Schmerzenskind fort, »mir ist natürlich bekannt, daß der gute Zauber-Louie dabei an Gallant Godfroy denkt und vergißt, daß das einzige Pferd, das Prinzessin O'Hara besitzt, Goldberg ist, und der Grund, weshalb er an Gallant Godfroy denkt, ist der, daß er erst am Abend vorher davon erfährt, daß wir ein Pferd für sie ausborgen. Aber solange Zauber-Louie sich nur auf ihr Pferd bezieht und keinen Namen nennt, sehe ich nicht ein, weshalb es meine Sache ist, mit ihm auf Einzelheiten einzugehen. Ich gebe ihm also eine Quittung für Prinzessin O'Haras Pferd, und seitdem warte ich darauf, zu hören, was er sagt, als er das Pferd abholen geht und herausfindet, daß es bloß der alte Goldberg ist.«

»Nun«, sage ich zu Schmerzenskind, »das klingt mir

alles höchst verwirrend, denn zu was kann Gallant Godfroy Zauber-Louie nützen, wenn es bloß ein geborgtes Pferd ist, das jederzeit erkannt wird, außer natürlich, wenn es vor einen Landauer gespannt ist? Und ich bezweifle stark, ob Zauber-Louie ins Droschkengeschäft einsteigen will.«

»Ach«, sagt Schmerzenskind, »das ist leicht zu erklären. Zauber-Louie sieht zweifellos wie wir alle das Inserat in der Zeitung, in dem eine Belohnung von zehn Mille für die Wiederbeschaffung von Gallant Godfroy gesetzt wird, mit der Maßgabe, daß keine Fragen gestellt werden, aber Zauber-Louie hat natürlich keine Ahnung davon, daß der Lange Nick Godfroy nach Hause bringt, bevor Zauber-Louie auf der Bildfläche erscheint und Prinzessin O'Haras Pferd kauft.«

Also, das ist so ungefähr die ganze Geschichte, abgesehen davon, daß ich ein paar Wochen danach erfahre, daß Ambrose Hammer sehr krank im Hospital liegt, und da gehe ich auf einen Sprung bei ihm vorbei, weil ich Ambrose Hammer sehr gern habe, auch wenn er Zeitungsschmierant ist.

Er sitzt in einem Privatzimmer aufrecht im Bett, und er hat einen blauen Seidenpyjama an, mit seinem Monogramm über dem Herzen eingestickt, und auf dem Tisch neben ihm steht eine große Vase mit Rosen, und eine schmucke Krankenschwester hält ihm die Hand, und ich kann sehen, daß es Ambrose Hammer nicht so schlecht gehen kann, obwohl er mich beim Hereinkommen mit einem sehr schwächlichen Lächeln begrüßt.

Natürlich frage ich Ambrose Hammer, was ihm fehlt, und nachdem er einen Schluck Wasser aus dem Glas trinkt, das ihm die schmucke Krankenschwester an die Lippen hält, tut Ambrose einen Seufzer und ergreift mit schwacher Stimme das Wort.

»Nun«, sagt Ambrose, »eines Nachts denke ich darüber nach, was wohl mit uns in der Transversale geschieht, wenn wir den alten Goldberg vor Prinzessin O'Haras Landauer haben und nicht eines der schnellsten Rennpferde der Welt, und von dem bloßen Gedanken daran bin ich so überwältigt, daß ich, wie der Doktor behauptet, einen Nervenzusammenbruch habe. Ich fühle mich scheußlich«, sagt Ambrose.

Gebt es ihnen, Yale!

Was ich am Tage eines großen Fußballspiels zwischen Harvard und Yale in New Haven treibe, das ist eine Geschichte, die nähere Erklärung erfordert, denn ich bin durchaus nicht der Typ, dem man sonst in New Haven begegnet, und schon gar nicht am Tage eines großen Fußballspiels.

Aber da bin ich nun, und der Grund, weswegen ich da bin, geht auf einen Freitagabend zurück, als ich in Mindy's Restaurant am Broadway sitze und an nichts anderes denke als daran, wie ich am besten ein paar Kröten zur Deckung der täglichen Spesen anschaffen kann. Und während ich so dasitze, kommt plötzlich Ganoven-Sam an, der von Beruf Billettschieber ist und anscheinend jemanden sucht.

Kurz, Ganoven-Sam kommt mit mir ins Gespräch, und dabei stellt sich heraus, daß er einen gewissen Burschen namens Gigolo-Georgie sucht, der deswegen Gigolo-Georgie genannt wird, weil er dauernd in Nachtlokalen herumlungert, einen kleinen Schnurrbart sowie weiße Gamaschen trägt und immer mit älteren Puppen tanzen geht. Mit anderen Worten, Gigolo-Georgie ist nichts weiter als ein ziemlich heruntergekommenes Subjekt, und es überrascht mich nicht weiter, daß Ganoven-Sam auf der Suche nach ihm ist.

Doch der Grund, weswegen Ganoven-Sam Gigolo-Georgie sucht, ist anscheinend der, daß der ihm die Visage kaputtschlagen will, denn Gigolo-Georgie luchst Sam mehrere Billetts zu dem großen Fußballspiel zwischen Harvard und Yale ab, und zwar zwecks Weiterverkauf auf Provision, und liefert dann keinen roten Heller bei Ganoven-Sam ab. Deswegen hält Ganoven-

Sam Gigolo-Georgie für einen ausgemachten Strolch, und Sam sagt, er wird sich Gigolo-Georgie schon noch kaufen und ihm eine gehörige Abreibung geben, und wenn es seine letzte Tat im Leben ist.

Kurz und gut, Sam erzählt mir also, daß er eine ganze Menge guter Plätze für das große Fußballspiel zwischen Harvard und Yale hat und daß er am nächsten Morgen mit einer ganzen Bande von Gehilfen nach New Haven fährt, um die Billetts an den Mann zu bringen, und wie ist es, wenn ich auch mitkomme und mithelfe, die Billetts zu verscherbeln, und mir dabei ein paar Kröten verdiene, was alles wie eine äußerst erfreuliche Einladung klingt.

Nun, es ist natürlich nicht so einfach, gute Plätze zu einem Fußballspiel zwischen Harvard und Yale zu bekommen, außer für Universitätsstudenten, und Ganoven-Sam ist bei weitem kein Universitätsstudent. Genauer gesagt, Sam kommt einer Uni niemals näher als das eine Mal, wo er quer durch den Gemüsegarten der Princeton-Universität läuft, aber bei dieser Gelegenheit befindet sich Sam auf der Flucht, und zwar vor der Polente, die hinter ihm her ist, und er kriegt daher von der Uni selber nicht viel zu sehen.

Doch jeder Student hat Anrecht auf Billetts zu jedem großen Fußballspiel, an dem seine Universität teilnimmt, und es ist wirklich erstaunlich, wie viele Studenten sich überhaupt nichts aus großen Fußballspielen machen, selbst wenn sie Billetts dazu haben, und schon gar nicht, wenn ein Billettschieber wie Ganoven-Sam ankommt und ihnen ein paar Kröten mehr dafür bietet, als sie wert sind. Wie ich annehme, kommt das daher, weil jeder Universitätsstudent sich ausrechnet, daß er sich ein Fußballspiel auch noch ansehen kann, wenn er älter ist, während es tausend andere Dinge gibt, die er sich, um sie richtig zu genießen, möglichst in jungen Jahren ansehen muß, und zwar zum Beispiel die ›Follies‹.

Mit anderen Worten, eine Menge Universitätsstudenten sind stets vernünftigen Vorschlägen zugänglich, wenn Ganoven-Sam mit dem Vorschlag ankommt, ihnen die Billetts abzukaufen, und dann nimmt Sam die Billetts und verkauft sie weiter, und zwar ungefähr für das Zehnfache dessen, was sie wert sind, und auf diese Weise macht sich Sam eine schöne Stange Geld.

Ich kenne Ganoven-Sam nun schon seit etwa zwanzig Jahren, und die ganze Zeit handelt er immer bloß mit Billetts verschiedener Art. Manchmal sind es Billetts zu Meisterschaftsspielen im Baseball, ein anderes Mal zu großen Boxkämpfen, und manchmal auch zu Tennisturnieren, obwohl es Sam und so ziemlich jedem anderen ewig ein Rätsel bleibt, was die Leute eigentlich an Tennis finden.

Doch in den ganzen Jahren, die sich Sam mitten im Gedränge vor solchen großen Veranstaltungen oder auch in den Sonderzügen zwecks An- oder Verkauf von Billetts herumdrückt, höre ich noch niemals davon, daß Sam einer solchen Veranstaltung persönlich beiwohnt, außer vielleicht mal einem Baseballspiel hier oder einem Boxkampf da, denn Sam ist praktisch an nichts anderem interessiert als daran, mit seinen Billetts einen netten Profit zu machen.

Er ist kurzbeinig und plump und sieht finster aus und hat einen Riesenzinken und schwitzt immer und ausgiebig, selbst an kalten Tagen, und stammt aus der Essex-Straße auf der unteren Ostseite New Yorks. Übrigens kommt auch Ganoven-Sams Personal fast durchweg von der untersten Ostseite, denn langsam, aber sicher macht sich Ganoven-Sam allerhand Pinke und vergrößert seinen Betrieb und hat bei den verschiedensten Veranstaltungen eine Menge Assistenten für sich arbeiten.

In jüngeren Jahren finden es die Blauen schwer, mit ihm auszukommen, und die volle Wahrheit ist, daß sein

Spitzname Ganove aus diesen seinen jüngeren Jahren auf der unteren Ostseite herstammt, und wie ich höre, soll Ganove das Wort für Dieb sein, aber als Sam älter wird und genug Pinke auf der hohen Kante hat, denkt er natürlich nicht mehr daran, etwas zu stehlen, oder zumindest nicht viel, und vor allem nichts, was angenagelt ist.

Wie dem auch sei, ich treffe mich also am nächsten Morgen mit Ganoven-Sam und seinen Leuten vor dem Auskunftsbüro am Hauptbahnhof, und so kommt es, daß ich am Tage des großen Fußballspiels zwischen Yale und Harvard in New Haven bin.

Für ein so großes Spiel mobilisiert Sam immer seine besten Leute, darunter Kerker-Louie, Knubbel-Taylor, Pistolen-Benny und den alten Negerlippe, und wenn man nach dem Aussehen dieser Herrschaften geht, kommt man überhaupt nicht auf die Idee, sie für gewiefte Billetthändler zu halten. Bestenfalls kann man sie für eine Bande von Leuten halten, denen man lieber nicht im Dunkeln begegnen will, aber schließlich und endlich ist das Handeln mit Billetts durch und durch eine gewagte Schieberei, und es ist nicht sehr klug, für diesen Zweck Damenimitatoren zu verwenden.

Nun, während wir unsere Billetts an den Haupteingängen zum Yale-Stadion verscherbeln, bemerke ich eine bildschöne junge Katze von vielleicht siebzehn oder achtzehn, die im Gedränge herumsteht, und ich kann sehen, daß sie auf jemanden wartet, was mit jungen Katzen des öfteren bei Fußballspielen vorkommen soll. Aber ich kann ebenfalls sehen, daß diese betreffende kleine Katze sehr bekümmert ist, während die Menge hineinströmt und das Spiel bald beginnt. Mit anderen Worten, nach und nach entdecke ich, daß die kleine Katze Tränen in den Augen hat, und wenn es etwas gibt, das ich hasse, dann sind es Tränen in den Augen einer hübschen Katze.

Ich gehe also schließlich auf sie zu und rede sie an wie folgt:
»Wo drückt denn der Schuh, kleines Fräulein?«
»Ach«, sagt sie, »ich warte hier auf Elliot. Er soll aus New York herkommen und sich hier mit mir treffen, um mich zu dem Spiel mitzunehmen, aber er ist immer noch nicht da, und jetzt habe ich Angst, ihm passiert was. Außerdem«, sagt sie, während die Tränen in ihren Augen immer dicker werden, »fürchte ich, daß ich womöglich das Spiel versäume, denn er hat mein Billett.«
»Großer Himmel«, sage ich, »nichts einfacher als das. Ich verkaufe Ihnen hier einen prima Sitz für einen Zehner, was ein Spottpreis ist. Sie kriegen das Billett nur deswegen so spottbillig, weil das Spiel gleich anfängt und die Preise runtergehen.«
»Aber«, sagt sie, »ich habe keine zehn Dollar. Genauer gesagt, ich habe nur noch fünfzig Cents im Portemonnaie, und das macht mich sehr nervös, denn was soll ich bloß machen, wenn Elliot nicht kommt. Sehen Sie«, sagt sie, »ich komme aus Miß Peevys Schule in Worcester und habe gerade das Geld für mein Eisenbahnbillett hierher und kann natürlich Miß Peevy nicht um Geld bitten, da sie nicht wissen darf, daß ich flitze.«
Nun, das alles hört sich genau an wie eine dieser Pechgeschichten, wie sie jede kleine Puppe erzählen kann, und so gehe ich weiter meinen Geschäften nach, denn ich rechne mir aus, daß sie als nächstes versuchen wird, ein Billett aus mir herauszuschinden und womöglich auch noch das Fahrgeld zurück nach Worcester.
Sie steht weiter da, und ich bemerke, daß sie jetzt mehr als sonstwas heult, und ich kann nicht umhin, mir zu denken, daß sie ungefähr eine der nettesten Katzen ist, die mir je über den Weg läuft, obwohl viel zu jung, um sich lange mit ihr abzugeben. Außerdem kommt mir der Gedanke, daß vielleicht ihre Geschichte kein Schwindel ist.

Kurz und gut, um diese Zeit ist fast alles schon drin im Stadion, und nur wenige Leute, wie zum Beispiel Blaue und Billetthändler aller Art, stehen noch draußen herum, und von drinnen kann man schon Beifallsrufe hören, da taucht plötzlich Ganoven-Sam auf, sieht ganz vermiest aus und redet wie folgt:

»Stell dir vor«, sagt Sam, »ich bleibe mit sieben Billetts sitzen, und die Brüder hier wollen nicht einmal den Kassenpreis zahlen, wo sie mich selbst drei oder vier Kröten mehr kosten. Also«, sagt Sam, »ich lasse sie keinesfalls unter Kassenpreis weggehen, und wenn ich sie selber heute zum Abendbrot aufessen muß. Wie ist es, Jungens, wenn wir selber diese Billetts benutzen und reingehen und uns das Spiel ansehen? Ich meinerseits«, sagt Sam, »will mir schon immer mal eins dieser großen Fußballspiele ansehen, und zwar bloß um herauszufinden, was die Trottel eigentlich veranlaßt, so hohe Preise für Billetts zu zahlen.«

Nun, das scheint uns allen, einschließlich meiner Wenigkeit, als eine großartige Idee einzuleuchten, denn auch keiner von uns sieht jemals ein großes Fußballspiel, und so gehen wir also auf den Eingang zu, und wie wir bei der kleinen Katze vorbeikommen, heult sie immer noch, und da sage ich zu Ganoven-Sam ungefähr so:

»Hör zu, Sam«, sage ich, »du hast sieben Billetts, und wir sind nur sechs, und hier ist eine kleine Katze, die von ihrem Kerl versetzt wird und kein Billett hat und auch nicht die Piepen, sich eins zu kaufen, wie ist es also, wenn wir sie mitnehmen?«

Nun, Ganoven-Sam sagt gleich ja, und auch von den andern hat keiner was dagegen, und so gehe ich also zu der kleinen Katze hin und lade sie ein, mit uns mitzukommen, und da hört sie auch gleich zu heulen auf und fängt an zu lächeln, und dann sagt sie, daß wir wirklich sehr gütig sind. Sie wirft Ganoven-Sam ein extra freundliches Lächeln zu, und auf der Stelle sagt Sam, daß sie wirklich ganz reizend ist, und dann wirft sie dem alten Negerlippe ein womöglich noch freundlicheres Lächeln zu und hakt sich noch dazu bei Negerlippe ein und geht Arm in Arm mit ihm, und der olle Negerlippe ist nicht nur ganz verblüfft, sondern auch sehr erfreut darüber. Sicher ist, daß der olle Negerlippe sich flott in Trab setzt, und Negerlippe ist sonst keiner, der sich viel aus Katzen, jung oder alt, macht.

Doch während sie mit dem alten Negerlippe geht, spricht die kleine Katze auch sehr nett zu Kerker-Louie und Knubbel-Taylor und sogar zu mir, und es dauert nicht lange, da sieht es fast so aus, als ob wir alle ihre Onkels sind, obwohl die kleine Katze höchstwahrscheinlich von einer Ohnmacht in die andere fallen wird, wenn sie weiß, mit was für Onkels sie sich da einläßt.

Man kann gleich merken, daß sie nicht viel Ahnung von dieser bösen Welt hat, und genaugenommen ist sie irgendwie ein altes Plappermaul, denn sie redet unentwegt frisch von der Leber weg über ihre privaten Angelegenheiten. Mit anderen Worten, noch bevor wir im Stadion drin sind, platzt sie damit heraus, daß sie aus Miß Peevys Schule ausgerissen ist, um mit Elliot durchzubrennen, und sie sagt, sie habe vor, sich nach dem Spiel in Hartford trauen zu lassen. Ursprünglich, sagt sie, will Elliot sich schon vor dem Spiel mit ihr in Hartford verheiraten.

»Aber«, sagt sie, »mein Bruder John spielt heute als Ersatzmann für Yale, und ich kriege es nicht übers Herz, mich mit jemandem zu verheiraten, bevor ich ihn spielen sehe, obwohl ich sehr verliebt in Elliot bin. Er ist ein fabelhafter Tänzer«, sagt sie, »und sehr romantisch. Ich lerne ihn zuerst letzten Sommer in Atlantic City kennen. Wir brennen nur deswegen durch«, sagt sie, »weil mein Vater Elliot nicht ausstehen kann. Genauer gesagt, haßt mein Vater Elliot, obwohl er ihn bisher nur ein einziges Mal sieht, und nur weil mein Vater Elliot so sehr haßt, schickt er mich auf Miß Peevys Schule in Worcester. Sie ist eine alte Schrulle. Finden Sie nicht auch, daß mein Vater kein Recht dazu hat?« fragt sie.

Nun, natürlich kann keiner von uns zu dieser Frage Stellung nehmen, obwohl der alte Negerlippe der kleinen Katze versichert, daß er voll und ganz auf ihrer Seite ist, egal ob sie im Recht ist oder nicht, und kurz darauf sind wir im Innern des Stadions und sitzen so ungefähr auf den besten Plätzen, die in dem Laden zu haben sind. Anscheinend sitzen wir auf der Seite des Spielfeldes, wo Harvard spielt, obwohl ich dies niemals weiß, wenn die kleine Katze es nicht extra erwähnt.

Sie weiß anscheinend über diesen ganzen Fußballkram genau Bescheid, und sowie wir uns hinsetzen, da zeigt sie uns ihren Bruder, der heute als Ersatzmann für Yale spielt, und sagt, er ist der fünfte von rechts in einem Haufen von Jungens, die auf einer Bank an der anderen Seite des Feldes sitzen und von oben bis unten in Decken eingepackt sind. Aber von wo wir sitzen, können wir nicht viel von ihm sehen, und ich habe sowieso den Eindruck, daß er nicht viel zu bestellen hat.

Wie es scheint, sitzen wir mitten unter lauter Harvard-Leuten, die furchtbaren Radau machen, so mit Schreien und Singen, und überhaupt schrecklich viel angeben, denn wie es scheint, ist das Spiel schon im Gang, als wir hereinkommen, und die Harvard-Leute geben den Yale-Leuten allerhand Saures. Da macht unsere kleine Katze kein Hehl daraus, daß sie für Yale ist, und schreit immerfort: »Gebt es ihnen, Yale!«

Ich meinerseits habe zuerst nicht die geringste Ahnung, wer die Harvard-Leute und wer die Yale-Leute sind, und Ganoven-Sam und die andern sind auch nicht viel schlauer, doch sie erklärt uns, daß die Harvard-

Leute rote Hemden anhaben und die Yale-Leute blaue Hemden, und es dauert gar nicht lange, da schreien wir alle mit, daß Yale es ihnen geben soll, obwohl wir das natürlich alles nur wegen der kleinen Katze tun, die durchaus will, daß die Yale-Leute es ihnen geben, und nicht etwa deswegen, weil jemand von uns sich so oder so was daraus macht.

Kurz und gut, anscheinend paßt es den Harvard-Leuten um uns herum ganz und gar nicht in den Kram, daß ein Haufen Burschen und eine kleine Katze direkt in ihrer Mitte den Yale-Leuten zurufen, es ihnen zu geben, obwohl sie zugeben müssen, daß wir den Yale-Leuten auf alle Fälle nicht schlecht raten, und einige von ihnen fangen an, dumme Witze über dies und jenes zu machen, und zwar speziell über unsere kleine Katze. Wahrscheinlich sind sie eifersüchtig, weil sie lauter schreien kann, denn eins muß ich unserer kleinen Katze lassen, sie kann so laut schreien, wie ich niemals vorher jemanden, männlich oder weiblich, schreien höre.

Ein paar von den Harvard-Leuten, die vor dem ollen Negerlippe sitzen, machen die Stimme unserer kleinen Katze nach und entfachen damit bei den Brüdern um sich herum herzhaftes Lachen, aber plötzlich stehen ein paar von diesen Herrschaften von ihren Plätzen auf und entfernen sich eiligst mit bleichen Gesichtern, und zuerst denke ich, daß ihnen vielleicht allen auf einmal übel wird, aber hinterher erfahre ich, daß Negerlippe einen großen Küchendolch aus der Tasche zieht und ihnen ganz im Vertrauen mitteilt, daß er ihnen damit die Ohren absäbeln wird.

Natürlich nehme ich es den Harvard-Leuten nicht übel, daß sie schnell türmen, denn man kann Negerlippe ansehen, daß er mit Wonne Ohren absäbelt. Außerdem fangen auch Knubbel-Taylor und Pistolen-Benny und Kerker-Louie und sogar Ganoven-Sam an, die anderen umsitzenden Harvard-Leute, die Bemerkungen über unsere kleine Katze machen, so bedrohlich anzusehen, daß gleich darauf in unserer Nachbarschaft fast totales Stillschweigen herrscht, und zwar mit Ausnahme unserer kleinen Katze, die »Gebt es ihnen, Yale!« schreit. Wie sich leicht ersehen läßt, haben wir nunmehr alle die kleine Katze sehr gern, weil sie so nett aussieht und so viel Schmiß hat, und wir wollen es natürlich nicht zulassen, daß irgend jemand dumme Witze über sie macht, noch über uns, und ganz besonders nicht über uns.

Genauer gesagt, haben wir sie so gern, daß – als sie erwähnt, ihr ist etwas kalt – Kerker-Louie und Knubbel-Taylor sich unter die Harvard-Leute mengen und mit vier Heizkissen, zwei Paar Handschuhen und einer Thermosflasche mit heißem Kaffee für sie zurückkommen, und Kerker-Louie sagt, wenn sie einen Nerzmantel haben möchte, brauche sie es bloß zu sagen, aber sie hat schon einen Nerzmantel. Außerdem bringt Kerker-Louie ihr einen großen Strauß roter Rosen, den er auf dem Schoß einer Katze bei den Harvard-Leuten findet, und er ist sehr enttäuscht, als sie ihm sagt, daß Rot nicht ihre Farbe ist.

Kurz und gut, schließlich ist das Spiel zu Ende, und ich erinnere mich kaum noch an etwas, obwohl ich hinterher erfahre, daß John, der Bruder unserer kleinen Katze, einen sehr guten Ersatzmann für Yale macht. Doch anscheinend siegt Harvard, und unsere kleine Katze ist darüber sehr traurig, und da sitzt sie nun und überblickt das Spielfeld, wo es jetzt nur so wimmelt von Jungens, die wild herumtanzen, als ob sie plötzlich alle verrückt werden, und anscheinend sind es alles Harvard-Leute, denn für die Yale-Leute liegt wirklich kein besonderer Grund zum Tanzen vor.

Plötzlich, während sie auf das Ende des Spielfeldes blickt, redet unsere kleine Katze wie folgt:

»Ach, jetzt nehmen sie auch noch unsere Torpfähle weg!«

Und richtig, da rottet sich ein Haufen Harvard-Leute an den Pfählen am Ende des Spielfeldes zusammen und zieht und zerrt an den Pfählen, die anscheinend sehr solide Pfähle sein müssen. Ich persönlich gebe nicht einen roten Heller für so einen Pfahl, aber hinterher erzählt mir einer von den Yale-Leuten, daß es für die Anhänger einer siegreichen Mannschaft gang und gäbe ist, die Torpfähle der Gegenseite an sich zu reißen. Aber er ist außerstande, mir zu erklären, was sie mit den Pfählen anfangen, wenn sie die Dinger haben, und so bleibt mir das Ganze ewig ein Geheimnis.

Kurz und gut, während wir das Treiben an den Torpfählen beobachten, sagt unsere kleine Katze: »Nun aber los!« und springt auf und rennt den Gang hinunter aufs Spielfeld und mitten in die Menge an den Torpfosten hinein, und wir folgen ihr natürlich nach, irgendwie schafft sie es, sich durch die Menge der Harvard-Leute bis an die Torpfähle durchzuschlängeln, und als nächstes klettert sie schneller wie sonstwas an einem der Pfähle hoch und pflanzt sich kurz darauf wie ein kleiner Schimpanse auf der Torlatte zwischen den beiden Pfählen auf.

Wie sie hinterher erklärt, nimmt sie an, daß die Harvard-Leute sich wie Gentlemen benehmen und die Torpfähle nicht herausreißen werden, wenn eine Dame obendrauf sitzt, aber anscheinend sind die Harvard-Leute keine Gentlemen und ziehen und zerren feste weiter, und die Pfähle fangen schon zu wackeln an, und unsere kleine Katze wackelt mit, obwohl sie natürlich in keiner besonderen Gefahr schwebt, denn wenn sie fällt, fällt sie ja doch nur den Harvard-Leuten auf den Kopf, und meiner Ansicht nach sind die Köpfe von Leuten, die ihre Zeit mit dem Umreißen von Torpfählen verbringen, höchstwahrscheinlich so weich, daß sie auch einen sehr tiefen Fall sanft auffangen.

Schließlich erreichen Ganoven-Sam und der olle Negerlippe und Knubbel-Taylor und Pistolen-Benny und Kerker-Louie und ich die Menge an den Torpfählen, und unsere kleine Katze da oben sieht uns kommen und schreit uns zu: »Ihr dürft nicht zulassen, daß sie unsere Torpfähle wegnehmen!«

Nun, da langt plötzlich einer der Harvard-Leute, der ungefähr drei Meter groß zu sein scheint, über sechs andere Kerle hinweg und gibt mir ein solches Ding unters Kinn, daß ich ein ganz schönes Stück von den andern wegfliege und an einer Stelle lande, von wo ich alles in Ruhe mit ansehen kann.

Hinterher erzählt mir jemand, daß der Riesenkerl wahrscheinlich annimmt, ich bin einer von den Yale-Leuten, die ihre Torpfähle verteidigen wollen, doch möchte ich es ein für alle Mal klarmachen, daß ich niemals viel von Universitätsstudenten halten werde, denn ich erinnere mich, daß noch zwei andere Kerle auf mich einhauen, während ich schon durch die Luft fliege und demzufolge nicht in der Lage bin, mich zu wehren.

Schließlich gelingt es Ganoven-Sam und Knubbel-Taylor und Kerker-Louie und Pistolen-Benny und dem ollen Negerlippe, sich irgendwie durch die Menge bis an die Torpfähle heran durchzuwinden, worüber unsere kleine Katze hocherfreut ist, denn mit ihrem Ziehen und Zerren bringen die Harvard-Leute die Torpfähle mehr und mehr ins Wanken, und es sieht ganz so aus, als ob die Pfähle jeden Moment nachgeben.

Ganoven-Sam will natürlich einen Zusammenstoß mit diesen Herrschaften vermeiden und redet daher sehr höflich zu den Burschen, die an den Pfählen zerren.

»Hören Sie mich an«, sagt er, »die kleine Katze da oben möchte nicht, daß Sie die Pfähle wegnehmen.«

Nun, vielleicht können sie in dem Tohuwabohu Sams Worte nicht hören oder, falls sie sie hören, wollen sie nicht hören, denn einer der Harvard-Leute zieht Sam seinen Hut bis über beide Augen ins Gesicht, und ein anderer haut dem ollen Negerlippe eins übers linke Ohr, und auch Kerker-Louie und Knubbel-Taylor müssen sich ganz schön herumpuffen lassen.

»Also gut«, sagt Ganoven-Sam, sowie er sich den Hut wieder aus dem Gesicht ziehen kann, »gemacht, meine Herren, wenn Sie's so und nicht anders wollen. Los, Jungens, gebt ihnen Saures.«

Ganoven-Sam und Knubbel-Taylor und Kerker-Louie und Pistolen-Benny und der olle Negerlippe geben ihnen also Saures, und zwar nicht nur mit den bloßen Fäusten, sondern auch noch mit was anderem als ihren Fäusten, denn wenn es sich um eine Keilerei handelt, sind diese Burschen alles andere als Trottel und haben vorsichtshalber immer was Hartes in der Tasche, womit sie im Falle einer Schlägerei ihre Fäuste verstärken können, wie zum Beispiel für einen Dollar Fünfcentstücke in einer Rolle.

Jetzt ziehen sie richtig vom Leder, stoßen jeden in den Bauch, der ihnen in die Quere kommt, sofern sie ihn nicht am Kinn erwischen, und Negerlippe macht auch von seinem Schädel vorteilhaften Gebrauch, indem er die Burschen erst bei den Mantelaufschlägen packt und an sich heranreißt, um ihnen dann mit dem Schädel ein richtiges Ding in die Visage zu geben, und ich möchte hier feststellen, daß der Schädel von Negerlippe stets eine höchst gefährliche Waffe ist.

Kurz, es dauert nicht lange, da ist der Boden ringsherum mit lauter Harvard-Leuten bedeckt, und anscheinend sind auch ein paar Yale-Leute mit ihnen vermengt, und zwar handelt es sich um Yale-Leute, die glauben, daß Ganoven-Sam und seine Leute auch Yale-Leute sind und die Torpfähle verteidigen, und die ihnen helfen wollen. Aber Ganoven-Sam und seine Leute können natürlich die Harvard-Leute von den Yale-Leuten nicht unterscheiden und haben auch keine Zeit, jeden einzelnen zu fragen, was er ist, und deswegen geben sie es jedem, der ihnen gerade in die Quere kommt. Und während dies alles vor sich geht, sitzt unsere kleine Katze oben auf ihrer Querlatte und feuert Sam und seine Leute mit lauten Zurufen an.

Wie sich herausstellt, sind die Harvard-Leute in einer solchen Keilerei auch nicht ganz ohne, und genauso schnell, wie sie zu Boden geschlagen werden, stehen sie wieder auf und schlagen weiter wie wild um sich, und während am Anfang Ganoven-Sam und Kerker-Louie und Knubbel-Taylor und Pistolen-Benny und Negerlippe die größere Erfahrung für sich haben, haben die Harvard-Leute die größere Jugend auf ihrer Seite.

Schließlich gelingt es den Harvard-Leuten, erst Ganoven-Sam niederzuschlagen, und dann machen sie dasselbe mit Knubbel-Taylor, und dann schlagen sie nacheinander auch Pistolen-Benny und Kerker-Louie und Negerlippe zu Boden, und das Ganze macht ihnen so viel Spaß, daß sie ganz die Torpfähle vergessen. Natürlich stehen auch Ganoven-Sam und seine Leute genauso schnell wieder auf, wie sie niedergeschlagen werden, aber die Harvard-Leute sind erheblich in der Überzahl, und sie beziehen eine furchtbare Abreibung, da kommt plötzlich der Dreimeter-Riese an, der mich erwischt und dann Ganoven-Sam so oft zu Boden schlägt, daß es Sam schon lästig wird, und läßt eine kurze Rede los.

»Hört mich an«, sagt er, »dies hier sind feine Kerle, auch wenn sie zu Yale gehören. Wir wollen sie also nicht weiter zu Boden schlagen«, sagt er, »und ihnen statt dessen ein dreifaches Hurra geben.«

Die Harvard-Leute schlagen also Ganoven-Sam und Knubbel-Taylor und Kerker-Louie und Pistolen-

Benny und den ollen Negerlippe rasch noch einmal zu Boden, und dann stecken die Harvard-Leute die Köpfe zusammen, rufen dreimal laut ra-ra-ra und ziehen ab und lassen die Torpfähle mit unserer kleinen Katze auf der Querstange zurück, doch hinterher erfahre ich, daß einige andere Harvard-Leute, die nicht in der Keilerei sind, sich die Pfähle vom anderen Ende des Feldes holen und sich damit davonmachen. Aber ich behaupte immer wieder, daß diese Pfähle ganz unbedeutend sind.

Kurz und gut, Ganoven-Sam fühlt sich gar nicht wohl, wie er da so am Boden hockt, weil er von dem letzten Niederschlag noch viel zu mitgenommen ist, um sich zu erheben, und sich mit der Hand das rechte Auge zuhält, das vollkommen zu ist, und auch seine Leute um ihn herum leiden fürchterlich. Doch unsere kleine Katze hopst munter herum und plappert die ganze Zeit wie eine alte Quasselstrippe und läuft quietschvergnügt hin und her zwischen dem ollen Negerlippe, der ausgestreckt an einem Torpfahl liegt, und Knubbel-Taylor, der sich an den anderen Pfahl anlehnt, und versucht, ihnen das Blut von der Schnauze zu wischen, und zwar mit einem Taschentuch, das ungefähr die Größe einer Briefmarke hat.

Pistolen-Benny liegt quer über Kerker-Louie, und die beiden schnaufen immer noch von dem letzten Niederschlag, und das Stadion leert sich inzwischen fast ganz, mit Ausnahme von mehreren Zeitungsschreibern oben auf der Pressetribüne, die anscheinend überhaupt nicht bemerken, daß sich die Schlacht des Jahrhunderts direkt unter ihren Augen abspielt. Es wird schon dunkel, da hopst plötzlich ein Bursche in weißen Gamaschen und Mantel mit Pelzbesatz aus der Dämmerung heraus und läuft im Eilschritt auf unsere kleine Katze zu.

»Clarice«, sagt er, »ich suche dich überall. Mein Zug hat wegen eines Zusammenstoßes bei Bridgeport stundenlang Verspätung, und deswegen bin ich erst hier, als das Spiel gerade vorbei ist. Aber«, sagt er, »ich denke mir, daß du schon irgendwo auf mich wartest. Laß uns schnellstens nach Hartford fahren, Liebling«, sagt er.

Nun, als Ganoven-Sam die Stimme hört, macht er das eine heile Auge weit auf und sieht sich den Jungen gut an. Dann springt Sam plötzlich auf und wankt zu dem Burschen rüber und versetzt ihm eins mitten in die Visage. Sam ist noch ein bißchen wacklig, weil die Prügel, die er von den Harvard-Leuten bezieht, seinen Beinen gar nicht gut bekommen, und außerdem trifft er auch nicht richtig, denn der Bursche geht bloß bis zu den Knien runter und richtet sich gleich wieder hoch, während unsere kleine Katze ein Mordsgeschrei losläßt wie folgt:

»Um Himmels willen«, sagt sie, »tut meinem Elliot nichts! Er hat es ja gar nicht auf unsere Torpfähle abgesehen!«

»Elliot?« sagt Ganoven-Sam, »das ist kein Elliot. Das ist niemand anders als Gigolo-Georgie. Ich erkenne ihn an den weißen Gamaschen«, sagt Sam, »und jetzt revanchiere ich mich für die Wucht, die ich von den Harvard-Leuten beziehe.«

Daraufhin nimmt er sich den Burschen nochmals vor, und diesmal haben seine Schläge anscheinend etwas mehr in sich, denn der Bursche geht runter, und Ganoven-Sam vermöbelt ihn nach Strich und Faden, obwohl unsere kleine Katze immer noch wie verrückt kreischt und Sam anfleht, ihrem Elliot nicht weh zu tun. Doch wir wissen natürlich alle, daß es nicht Elliot ist, egal, was er ihr vorerzählt, sondern bloß Gigolo-Georgie.

Kurz, wir denken uns alle, daß wir eigentlich Gigolo-Georgie auch gleich eins aufs Fell geben könnten, doch als wir auf ihn losgehen wollen, da gibt er sich plötzlich eine Drehung, springt wieder auf die Beine und rennt quer über das Spielfeld davon, und als letztes sehen wir, wie seine weißen Gamaschen aus einem der Haupteingänge hinausfliegen.

Dann tauchen in der Dunkelheit ein paar andere Burschen auf, und einer von ihnen ist eine stattliche, gutaussehende Type mit weißem Schnurrbart, und man kann gleich sehen, daß es jemand Wichtiges ist, und als nächstes läuft ihm unsere kleine Katze schnurstracks in die Arme und küßt ihn auf den weißen Schnurrbart und nennt ihn Papa und fängt wieder fürchterlich zu heulen an, und da sehe ich, daß wir unsere kleine Katze hiermit wieder verlieren. Und gleich darauf geht die Type mit dem weißen Schnurrbart auf Ganoven-Sam zu und reicht ihm die Hand und spricht wie folgt:

»Mein Herr«, sagt er, »gestatten Sie mir die Ehre, die Hand zu drücken, die mir den außerordentlichen Dienst erweist, den soeben entwichenen Halunken zu züchtigen. Und«, sagt er, »gestatten Sie, daß ich mich Ihnen vorstelle. Mein Name ist J. Hildreth Van Cleve, Präsident des Van-Cleve-Konzerns. Miß Peevy benachrichtigt mich heute früh von dem plötzlichen Verschwinden meiner Tochter, und daraufhin bringen wir in Erfahrung, daß sie eine Fahrkarte nach New Haven löst. Mein erster Verdacht ist, daß dieser Schurke seine Hand im Spiele hat. Glücklicherweise«, sagt er, »sind meine privaten Detektive hier schon seit einiger Zeit hinter ihm her, da mir die schulmädchenhafte Schwärmerei meiner Tochter für ihn bekannt ist, und es ist uns also ein leichtes, seine Spur bis hierher zu verfolgen. Wir fahren mit ihm im selben Zug und sind gerade rechtzeitig hier, um Ihren netten kleinen Auftritt mit ihm mit anzusehen.«

»Ich weiß genau, wer Sie sind, Herr Van Cleve«, sagt Ganoven-Sam, »Sie sind der Van Cleve, der nicht mehr als lumpige vierzig Millionen auf der Bank hat. Aber«, sagt er, »Sie brauchen sich nicht bei mir dafür zu bedanken, daß ich Gigolo-Georgie eine Wucht gebe. Er ist ein

Halunke ersten Ranges, und es tut mir bloß leid, daß Ihr reizendes kleines Töchterchen auch nur einen Augenblick auf ihn hereinfällt, obgleich«, sagt Sam, »ich annehmen muß, daß sie blöder sein muß, als sie aussieht, um sich von einem Kerl wie Gigolo-Georgie hereinlegen zu lassen.«

»Ich hasse ihn«, sagt die kleine Katze. »Ich hasse ihn, weil er ein Feigling ist. Er stellt sich nicht zum Kampf wie Sie und Negerlippe und die andern. Ich will ihn niemals im Leben wiedersehen.«

»Machen Sie sich keine Sorgen weiter«, sagt Ganoven-Sam. »Wenn ich mich erst von meinen Verletzungen etwas erhole, werde ich Gigolo-Georgie zu dicht auf den Fersen sein, als daß er lange in dieser Gegend bleibt.«

Kurz und gut, danach vergeht fast ein Jahr, und ich sehe und höre nichts mehr von Ganoven-Sam oder Knubbel-Taylor oder Pistolen-Benny oder Kerker-Louie oder Negerlippe, und dann wird es plötzlich wieder Herbst, und eines Tages fällt mir ein, daß Freitag ist und daß am nächsten Tage wieder das große Fußballspiel zwischen den Harvard-Leuten und den Yale-Leuten stattfindet, und zwar diesmal in Boston.

Da denke ich mir, daß ich mich wahrscheinlich wieder an Ganoven-Sam anschließen und ihm wieder seine Billetts zu dem Spiel verscherbeln kann, zumal mir bekannt ist, daß Sam gegen Mitternacht mit seiner Mannschaft nach Boston fährt. Ich gehe also um diese Zeit zum Hauptbahnhof rüber, und richtig, da kommt er auch schon an und drängelt sich mit Knubbel-Taylor und Pistolen-Benny und Kerker-Louie und dem alten Negerlippe auf den Fersen durch die Menschenmenge auf dem Bahnhof, und anscheinend sind sie alle fürchterlich aufgeregt.

»Also Sam«, sage ich, während ich mich mit ihnen zusammen durchdrängle, »hier bin ich, um dir wieder bei dem Verscherbeln deiner Billetts zu helfen, und ich hoffe fest, daß wir dicke Geschäfte machen.«

»Billetts«, sagt Ganoven-Sam daraufhin. »Diesmal handeln wir nicht mit Billetts, aber du bist herzlich eingeladen, mit uns mitzukommen. Wir fahren nämlich nach Boston«, sagt er, »um Stimmung für Yale zu machen, daß sie den Harvard-Leuten die Hölle heiß machen, und zwar fahren wir als persönliche Gäste von Miß Clarice Van Cleve und ihrem alten Herrn.«

»Gebt es ihnen, Yale«, sagt der olle Negerlippe, wie er mich zur Seite stößt und die ganze Gesellschaft auf dem Bahnsteig zum Zug marschiert, und da bemerke ich, daß sie alle kleine blaue Federn mit einem weißen Y auf dem Hut haben, ganz wie Universitätsstudenten sie bei solchen Fußballspielen tragen, und Ganoven-Sam hält außerdem noch einen Yale-Wimpel in der Hand.

Hymie und seine treuliebende Gattin

Wenn jemand mir voraussagt, daß ich eines schönen Morgens neben einem Pferd aus dem Schlaf aufwachen werde, dann werde ich diesen Betreffenden für leicht übergeschnappt halten, und zwar speziell dann, wenn dieser Betreffende mir erzählt, daß es neben einem Pferd wie dem ollen Mahagony ist, denn Mahagony ist als Pferd wirklich nicht viel wert. Genauer gesagt, Mahagony ist nichts weiter als ein alter Trauerkloß, und das kann man ruhig laut sagen, und viele Rennbahnwetter sind froh, wenn er tot und begraben ist.

Doch ich werde es für noch viel verrückter halten, wenn jemand mir voraussagt, daß ich eines schönen Morgens neben Hymie Banjo-Auge liegend aus dem Schlaf aufwache, denn wenn ich zwischen Mahagony und Hymie Banjo-Auge zu wählen habe, nehme ich Mahagony alle Tage, obwohl Mahagony furchtbar schnarcht, wenn er schläft. Aber es ist nicht halb so schlimm, mit Mahagony zu schlafen, denn Hymie ist nicht nur ein furchtbarer Schnarcher, wenn er schläft, sondern er schreit und stößt um sich und gibt auch sonst furchtbar an, wenn er schläft.

Hymie ist ein kleiner, dicklicher Bursche, der deswegen Banjo-Auge genannt wird, weil seine Augen so dick und rund herausschwellen wie ein Banjo, und er sieht auch immer irgendwie unsauber aus, denn Hymie macht sich nichts daraus, wenn er sich die Jacke mit seinem Frühstück bekleckert. Ferner schwätzt er furchtbar viel und denkt, er ist wunder wie gerissen, und viele Leute halten ihn für eine richtige Nervensäge. Ich meinerseits halte Hymie Banjo-Auge für ziemlich harmlos, obwohl er nicht zu den Leuten gehört, mit denen ich viel zu tun haben möchte.

Aber da bin ich nun, und als ich eines schönen Morgens aufwache, da schlafe ich zusammen sowohl mit Mahagony wie mit Hymie, und wir schlafen alle in einem Pferdewaggon auf dem Wege nach Miami, und als ich aufwache, da fahren wir gerade durch einen kleinen Schneesturm in North Carolina, und Mahagony schnarcht und zittert vor Kälte, denn Hymie nimmt dem armen Gaul anscheinend seine Decke weg, um sich selbst darin einzupacken, und ich bin schon halb erfroren und wünsche, ich bin zu Hause in Mindy's Restaurant am Broadway, wo es hell und schön warm ist, und sehe weder Mahagony noch Hymie je im Leben wieder.

Natürlich ist es nicht Mahagonys Schuld, daß ich mit ihm und Hymie schlafe, und wie die Dinge liegen, bin ich mir nicht mal so sicher, ob Mahagony mich für einen so wünschenswerten Schlafgenossen hält. Die ganze Schuld liegt bei Hymie, der mich eines Abends bei Mindy's aufgabelt und mir vorschwärmt, wie herrlich das Wetter im Winter in Miami ist und daß wir mit seinem Rennstall zu den dortigen Rennen fahren können und ganz schön Marie anschaffen können, obwohl mir natürlich bekannt ist, daß Hymie, wenn er von seinem Rennstall spricht, damit Mahagony meint, denn Hymie hat niemals mehr als ein Pferd auf einmal in seinem Rennstall.

Gewöhnlich hat er eine abgewirtschaftete Mähre, die er spottbillig kauft und dann so gut wie möglich zusammenflickt, denn Hymie ist von Hause aus Trainer, und in Anbetracht der Sorte von Pferden, die er trainiert, ist er nicht einmal ein schlechter Trainer. Im Gegenteil, er versteht es ausgezeichnet, alte Krüppel wieder zusammenzustoppeln und manchmal sogar Rennen mit ihnen zu gewinnen, bis schließlich jemand kommt und sie ihm wieder abkauft oder sie tot umfallen, und dann geht Hymie hin und kauft sich einen anderen Krüppel und fängt wieder von vorn an.

Ich höre, er kauft Mahagony von einem gewissen Burschen namens O'Shea für hundert Kröten, aber Hymie braucht wahrscheinlich nur noch ein bißchen zu warten, dann zahlt ihm der Bursche noch mindestens zweihundert Kröten dazu, wenn er ihm Mahagony bloß endlich vom Halse schafft und in ein sicheres Versteck bringt, denn Mahagony ist schon ziemlich wacklig auf den Beinen und ungefähr neun Jahre alt und gewinnt seit Ewigkeiten kein Rennen mehr, und auch dieses gewinnt er nur durch reinen Zufall. Aber wie dem auch sei, Mahagony ist der Rennstall, von dem Hymie spricht, als er mich bei Mindy's aufgabelt.

»Und stell dir bloß mal vor«, sagt Hymie, »alles, was wir dazu brauchen, um nach Miami zu kommen, ist das Fahrgeld für einen Schlafwagen erster Klasse auf dem Florida-Expreß.«

Nun, diese Äußerung erstaunt mich nicht wenig, denn es ist das erste Mal, daß ich davon höre, daß ein Pferd ein Schlafwagenbillett erster Klasse braucht, speziell ein Pferd wie Mahagony, aber anscheinend ist der Schlafwagen erster Klasse gar nicht für Mahagony und auch nicht für Hymie oder mich. Allem Anschein nach ist er für Hymies treuliebende Gattin, ein blondes Dämchen namens Ruppy, die er aus dem Nachtlokal heraus heiratet, wo sie als eine sogenannte Adagio-Tänzerin auftritt.

Als Ruppy noch sehr jung ist, da sagt anscheinend jemand einmal von ihr, sie ist so süß wie Sirup, und so kommt sie zu dem Namen Ruppy, obwohl sie eigentlich Maggie Soundso heißt, und sie muß sich meiner Meinung nach ziemlich stark verändern, seitdem sie zuerst Ruppy genannt wird, denn als ich ihr das erste Mal begegne, da ist sie ungefähr so süß wie eine unreife Zitrone.

In der Adagio-Tanzerei hat sie einen Partner namens Donaldo, der sie hochhebt und in dem Nachtlokal nur so herumwirbelt, als ob sie ein Fußball ist, und es ist richtig packend, mit anzusehen, wie Donaldo sie herumschleudert, als ob er sie glatt wegschmeißen will, was manche Leute übrigens für keine schlechte Idee halten, und sie dann mitten in der Luft an den Füßen auffängt und wieder an sich reißt.

Aber anscheinend hebt Donaldo eines Abends vor der Adagio-Tanzerei einen zuviel, und deswegen verfehlt er Ruppys Fuß um ein paar Zentimeter, obwohl sich keiner vorstellen kann, wie das möglich ist, weil Ruppys Fuß so weithin sichtbar ist wie ein Viehwagen, und Ruppy segelt weiter munter durch die Luft. Schließlich segelt sie jemandem auf den Bauch, und der betreffende Bauch gehört Hymie Banjo-Auge, der an einem Tisch ziemlich weit hinten sitzt, und auf diese Weise lernen sich Hymie und Ruppy kennen, und das ist der Anfang einer Liebesaffäre, aber es dauert ungefähr eine Woche, bevor Hymie sich von Ruppys Anprall erholt und ihr einen Besuch abstatten kann.

Die Liebesaffäre endet damit, daß Hymie und Ruppy heiraten, obwohl Ruppy bis zu dem Tage, wo Donaldo sie Hymie auf den Bauch schleudert, mit dem Buchmacher Brick McCloskey geht und furchtbar verliebt mit ihm tut, aber sie haben wegen irgend etwas Krach und haben doch immer noch etwas füreinander übrig, als Hymie plötzlich auf der Bildfläche erscheint.

Diverse Leute meinen, Ruppy heiratet Hymie nur deswegen, weil sie eine Höllenwut auf Brick hat, und daß sie gedankenlos handelt, wie Katzen, besonders blonde Katzen, es öfter zu tun pflegen, obwohl ich meinerseits der Ansicht bin, daß Hymie bei der Geschichte den kürzeren zieht, denn Ruppy gehört zu den Katzen, die keiner heiraten soll, ohne die Sache vorher mit einem Anwalt zu besprechen. Ruppy ist eine jener kleinen Blondinen, die immer eine kurz angebundene Antwort auf Lager haben, und was mich persönlich betrifft, so heirate ich lieber gleich ein Stachelschwein. Aber Hymie ist wie verrückt in sie verknallt, und Brick McCloskey ist ganz zusammengeknickt, weil Ruppy ihm den Laufpaß gibt, und vielleicht hat Ruppy doch irgendwelche Reize, die ich nicht so ohne weiteres bemerken kann.

»Aber«, sagt Hymie zu mir, als er mir die Sache mit der Reise nach Miami erzählt, »Ruppy fühlt sich gar nicht wohl, wegen ihrer Nerven und diesem und jenem, und sie muß auf der Reise ihren kleinen Pekinesen Sooeypow bei sich haben, denn«, sagt Hymie, »es macht sie noch viel nervöser, wenn sie mit jemand anders zusammen fahren muß. Und natürlich«, sagt Hymie, »kann keiner von Ruppy verlangen, daß sie mit ihrer Krankheit anders als Schlafwagen erster Klasse fährt.«

Nun, als ich Ruppy das letzte Mal sehe, verputzt sie ein Riesenstück Lendenbraten in Bobby's Restaurant und macht auf mich den Eindruck einer ganz gesunden Katze, aber natürlich untersuche ich sie niemals näher, und im übrigen geht mich ihr Gesundheitszustand sowieso nichts an.

»Also«, sagt Hymie, »ich gehe auf der Empire-Rennbahn vollkommen pleite und bin überall bis hier in Schulden und verfüge nicht über die notwendige Marie, um meinen Rennstall nach Miami zu transportieren, aber«, sagt er, »ein Freund von mir schickt auch einige Pferde hin und hat einen ganzen Waggon, und er überläßt mir freundlicherweise an einem Ende des Waggons genug Platz für meinen Rennstall, und da können wir beide auch mitfahren.«

»Das heißt«, fügt Hymie hinzu, »wir können mitfahren, falls du das Fahrgeld für den Schlafwagen erster Klasse aufreißt, so daß Ruppy ihre Nerven schonen kann. Siehst du«, sagt Hymie, »ich weiß nämlich per

Zufall, daß du zweihundertfünfzig Kröten auf der Bank drüben an der Ecke hast, denn einer der Kassierer ist ein Freund von mir, und er erzählt mir ganz im Vertrauen, daß du den Zucker da liegen hast, obwohl«, sagt Hymie, »du ihn unter einem anderen Namen liegen hast.«

Nun, man muß im Leben auf allerhand verdrehte Sachen gefaßt sein, und als nächstes, wie gesagt, entdecke ich beim Aufwachen, daß ich mit Mahagony und Hymie schlafe, und wie ich da fast zu Tode erfroren in dem Pferdewaggon liege, muß ich plötzlich an Ruppy in ihrem Schlafwagen erster Klasse auf dem Florida-Expreß denken und hoffe fest, daß sie und der Pekinese ruhig und schön warm dahinschlummern.

Schließlich läßt der Zug den Schneesturm hinter sich, und das Wetter wird etwas wärmer, so daß die Reise in dem Pferdewaggon nicht mehr so schlimm ist, und Hymie und ich vertreiben uns die Zeit mit Sechsundsechzigspielen. Des weiteren freunde ich mich auch recht gut mit Mahagony an und finde heraus, daß er kein so übler alter Klotz ist, wie Tausende von Leuten glauben.

Schließlich und endlich kommen wir in Miami an, und zuerst sieht es so aus, als ob Hymie allerhand Mühe haben wird, Unterkunft für Mahagony zu finden, da alle Stallplätze auf der Rennbahn von zahlenden Kunden besetzt sind, und Hymie ist bestimmt kein zahlender Kunde und Mahagony auch nicht.

Ich meinerseits mache mir weniger Sorgen um einen Stallplatz für Mahagony als um einen Stallplatz für mich selber, denn meine Kasse ist bis auf ein paar Kröten herunter, und ich brauche selbige zum Essen.

Natürlich nehme ich an, daß Hymie Banjo-Auge mit seiner treuliebenden Gattin Ruppy zusammenwohnen wird, da meiner Meinung nach Mann und Frau ein Gespann sind, aber Hymie sagt mir, daß Ruppy im Roney Plaza drüben in Miami Beach absteigt und daß er bei Mahagony bleibt, denn es macht sie immer furchtbar nervös, Leute um sich zu haben, und zwar speziell Leute, die jeden Tag Pferde trainieren und deswegen vielleicht nicht so gut riechen.

Kurz, es sieht ganz so aus, als ob wir am Ende mit Mahagony im Freien unter einem Palmbaum kampieren müssen, obwohl eine Anzahl von Palmbäumen bereits von anderen Jungens belegt sind, die im Freien übernachten, doch schließlich findet Hymie einen Burschen, der nicht weit von der Rennbahn eine Garage hinter dem Haus hat, und da er keinen Gebrauch für sie hat, seitdem ihm sein Wagen von einem Orkan weggeweht wird, gestattet der Bursche Hymie bereitwilligst, Mahagony in der Garage unterzustellen. Des weiteren ist er bereit, Hymie in der Garage mit Mahagony schlafen zu lassen.

Hymie borgt sich also etwas Heu und Korn, was Pferde gern fressen, und zwar von einem Freund, der einen ganzen Haufen Pferde auf der Rennbahn hat, und zieht mit Mahagony in die Garage ein, und ungefähr um die gleiche Zeit laufe ich einem Burschen namens Hammelsprung in die Arme, und der hat ein Zimmer irgendwo in einem Bumshotel, wo ich zu ihm einziehe, und da ist es auch nicht viel schlimmer, als mit Hymie Banjo-Auge und Mahagony zu schlafen.

Danach sehe ich Hymie eine Weile nicht, aber ich erfahre, daß er dabei ist, Mahagony für das Rennen fertigzumachen. Er nimmt den alten Knaben jeden Morgen zu einem Galopp auf die Bahn, und niemand anders als Hymie persönlich gibt ihm den Galopp, denn er kann nicht einmal einen der Stalljungen dafür bekommen, da diese keine Lust haben, ihre Zeit zu verschwenden. Doch Hymie ist in jungen Jahren selbst kein schlechter Reiter, und das Galoppieren mit Mahagony ist keine so große Sache für ihn, abgesehen davon, daß er davon einen Mordsappetit bekommt, und es ist nicht ganz einfach für ihn, genug Verpflegung aufzutreiben, um diesen Appetit zu stillen, und daraufhin kommen Gerüchte in Umlauf, daß Hymie den größten Teil von Mahagonys Heu und Korn selber aufißt.

Unterdessen sehe ich mich um, ob sich was machen läßt, aber es kommt nicht sehr viel dabei heraus, denn schon lange war kein so schlechter Winter oder größere Misere unter den Wettbrüdern in Miami. Nachmittags gehe ich auf die Rennbahn und abends zum Hunderennen und hinterher in die Spiellokale, um zu versuchen, ein paar ehrliche Kröten aufzureißen, und überall, wo ich hinkomme, da scheine ich Hymies treuliebende Gattin Ruppy zu treffen, und immer ist sie prima angezogen, und gewöhnlich ist sie in Gesellschaft von Brick McCloskey, denn Brick taucht plötzlich in Miami auf, wahrscheinlich um ein paar kleine Geschäfte als Buchmacher mitzunehmen.

Obwohl in Miami das Buchmachen verboten ist und statt dessen Totalisatoren eingerichtet sind, macht Brick doch immer noch etwas Buch für große Wetter, die ihr Geld nicht beim Totalisator anlegen wollen, weil sie damit die Quote drücken, denn Brick ist jederzeit ein Großunternehmer. Er ist nicht nur ein Großunternehmer, sondern auch ein großer, gutaussehender Kerl, und wie Ruppy ihm jemals wegen eines Burschen, der wie Hymie Banjo-Auge aussieht, den Laufpaß geben kann, bleibt mir immer und ewig ein Geheimnis. Aber so sind Blondinen nun einmal.

Natürlich weiß Hymie wahrscheinlich nicht, daß Ruppy sich mit Brick herumtreibt, denn Hymie hat viel zuviel damit zu tun, Mahagony für das Rennen in Form zu bringen, um in die Lokale zu gehen, wo Ruppy und Brick wahrscheinlich zu finden sind, und keiner wird sich die Mühe machen, es ihm auf die Nase zu binden, denn diesen Winter laufen in Miami so viele treuliebende Eheweiber mit Kerlen herum, die nicht ihre treuliebenden Gatten sind, daß keiner so etwas noch für eine besondere Neuigkeit hält.

Ich meinerseits bin der Ansicht, Hymie hat großes Glück, daß Ruppy sich mit Brick herumtreibt, denn das bedeutet für ihn eine große Entlastung im Hinblick auf Abendessen und womöglich auch Frühstück, aber mir scheint, Ruppy kann Hymie nicht so heiß lieben, wie Hymie glaubt, wenn sie sich immerzu mit einem andern Kerl herumtreibt. Genauer gesagt, ich fange an zu glauben, daß Ruppy sich einen Dreck aus Hymie macht.

Kurz, eines Tages überfliege ich die Nennungen, und da sehe ich, daß Hymie seinen ollen Mahagony in einem Verkaufsrennen über zweitausend Meter nennt, und wenn es auch nur ein kleines Rennen ist, so laufen doch einige nicht üble Dinger mit. Genauer gesagt, kann ich mindestens acht von den neun Startern aufzählen, die Mahagony um mindestens vierzig Längen schlagen können.

Also, ich gehe frühzeitig auf die Rennbahn und gehe vorher auf einen Sprung in die Garage, wo Hymie und Mahagony wohnen, und da sitzt Hymie ganz traurig auf einem Eimer vor der Garage, und Mahagony steckt seine Nüstern durch die Garagentür und sieht noch trauriger als Hymie aus.

»Nun«, sage ich zu Hymie Banjo-Auge, »ich sehe, das stolze Roß startet heute.«

»Tja«, sagt Hymie, »das stolze Roß startet heute, falls ich mir die zehn Kröten Reitgeld für einen Jockey beschaffen kann und falls ich einen Jockey kriegen kann, wenn ich das Reitgeld anschaffe. Es ist eine schreckliche Geschichte«, sagt Hymie, »hier habe ich nun Mahagony fix und fertig für das Rennen seines Lebens, und zwar in einer Gesellschaft, in der er gewinnen kann, soweit der Himmel blau ist, und einen Preis von sechshundert Kröten einkassieren kann, und da sitze ich und habe nicht einmal den lumpigen Zehner für einen dieser Stümper, die heutzutage herumlaufen und sich groß Jockey nennen.«

»Nun«, sage ich, »warum besprichst du die Sache nicht mit Ruppy, deiner treuliebenden Gemahlin? Gestern abend sehe ich Ruppy im Spielkasino Roulette spielen«, sage ich, »und sie hat einen so hohen Stapel von Geldscheinen vor sich liegen, daß nicht mal ein Windhund drüber wegspringen kann, und«, sage ich, »Ruppy ist nicht Ruppy, wenn sie nach einem solchen Start ohne ein paar Kröten nach Hause geht.«

»Da hast du's schon wieder«, sagt Hymie ganz ungeduldig. »Du machst immer faule Witze über Ruppy, und du weißt ganz genau, daß es die arme Seele äußerst nervös macht, wenn ich mit ihr über solche Sachen wie einen Zehner rede, denn Ruppy braucht jeden Zehner, den sie kriegen kann, um die Rechnung für sich und Sooeypow im Roney Plaza zu bezahlen. Nebenbei gesagt«, sagt Hymie, »wieviel Kies hast du denn bei dir?«

Nun, ich erzähle niemals gern Lügen, und zwar besonders nicht einem alten Freund wie Hymie Banjo-Auge, und daher gebe ich zu, daß ich einen Zehndollarschein bei mir habe, obwohl ich natürlich nicht erwähne, daß ich noch einen weiteren Zehner in der Tasche habe, da ich weiß, daß Hymie sonst beide haben will, einen für den Jockey und den anderen, um auf Mahagony zu wetten, aber ich kann es einfach nicht zulassen, daß Hymie mein Geld aus dem Fenster schmeißt, um auf ein ausgeleiertes Krokodil wie Mahagony zu setzen, und schon gar nicht in einem Rennen, in dem ein Pferd namens Lockenkopf ein sicheres Ding ist.

Genauer gesagt, warte ich seit mehreren Tagen auf die Gelegenheit, auf Lockenkopf zu setzen. Ich gebe also Hymie nur einen Zehner, und dann gehe ich auf die Bahn rüber und denke nicht mehr an ihn und Mahagony, bis das sechste Rennen aufgezogen wird, und da sehe ich auf der Startertafel, daß Hymie den ollen Mahagony von einem Jockey namens Scroon reiten läßt, und wenn Mahagony auch nur neunzig Pfund zu schleppen hat, was das leichteste Gewicht im Rennen ist, so spielt das für mich keine Rolle. Meine persönliche Meinung ist, daß Scroon nicht einmal das Wort »Pferd« buchstabieren kann, denn er ist nichts weiter als ein schwachsinniger Junge, der alle Jubeljahre mal einen Ritt bekommt. Aber Hymie kann sich natürlich seine Jockeys nicht mit dem Zahnstocher aussuchen, und er kann wahrscheinlich noch von Glück sagen, daß er überhaupt jemanden für den Ritt auf Mahagony bekommt.

Auf der Tafel, wo die ungefähren Quoten angegeben werden, sehe ich, daß Mahagony vierzig zu eins steht, und natürlich beachtet keiner ein solches Pferd, denn es ist Unsinn, Mahagony in diesem Rennen zu beachten, wo er doch das erste Mal seit vielen Monaten läuft und keine Chance gegen diese Pferde noch gegen irgendwelche anderen Pferde hat. Genauer gesagt, glauben viele Leute, daß Hymie Banjo-Auge entweder nicht recht bei Verstand ist oder daß er Mahagony in diesem Rennen mehr zum Training laufen läßt, obgleich keiner, der Hymie kennt, sich vorstellen kann, daß er für ein Pferd Geld ausgibt, bloß um ihm einen Trainingsgalopp zu geben.

Der Favorit im Rennen ist jenes Pferd namens Lokkenkopf, und wenn man danach geht, wie alles auf ihn setzt, kann man denken, er gewinnt bisher mindestens zwei Derbys. Auf der Tafel steht er pari, und ich hoffe bloß, daß er am Ende so viel bringt, denn ich halte ihn zu diesem Kurs für eine wirklich gesunde Anlage. Nebenbei gesagt, werde ich ihn auch vier und fünf setzen und auch das noch für gefundenes Geld halten, denn ich rechne mir aus, daß ich damit ungefähr achtzehn Kröten habe, um im letzten Rennen auf Tony Joe zu setzen, denn es ist ein offenes Geheimnis, daß man auf Tony Joes Sieg Gift nehmen kann, vorausgesetzt natürlich, daß nichts Unvorhergesehenes mit ihm passiert.

In dem Rennen wird zwar wenig auf einige der anderen Pferde gesetzt, aber auf Mahagony wettet natürlich überhaupt keiner, denn als ich das letzte Mal nachsehe, ist er bis auf fünfzig zu eins herunter. Ich lege also meine Wette auf Lockenkopf an und gehe auf den Sattelplatz, um mir die Pferde anzusehen, und da sehe ich Hymie, wie er im Führring Mahagony sattelt, und neben ihm steht sein Jockey, dieser schwachsinnige Scroon, in Hymies Farben Rot-Rosa-Gelb und macht allerhand Witze über Mahagony zu den Jockeys in den Nachbarständen.

Hymie Banjo-Auge sieht mich und macht mir ein Zeichen, ich soll in den Führring kommen, und ich gehe also zu ihm hin und gebe Mahagony einen Klaps auf die Nase, und der alte Knabe besinnt sich auch gleich auf mich, denn er reibt seine Nüstern an meinem Arm und gibt ein Wiehern von sich. Aber der alte Junge scheint mir etwas spitz auszusehen, seine Rippen sind deutlich zu erkennen, und daher denke ich mir, vielleicht ist doch etwas Wahres an dem Gerücht, daß Hymie von Mahagonys Heu und Korn mitißt.

Kurz und gut, wie ich da so stehe, gibt Hymie diesem schwachsinnigen Scroon seine Reitinstruktionen, und diese sind kurz und bündig.

»Hör zu«, sagt Hymie, »bring das Pferd schnell vom Start und reite schnellstens nach Hause.«

Und daraufhin sieht Scroon noch etwas schwachsinniger als sonst aus und nickt mit dem Kopf, und dann dreht er sich um und macht Kurt Singer, dem Reiter des danebenstehenden Pferdes, ein Zeichen.

Schließlich wird das Signal zum Aufgalopp gegeben, und Hymie geht mit mir auf den Sattelplatz zurück, während die Pferde auf die Bahn gehen, und Hymie redet immerzu über nichts anderes als über Mahagony.

»Das ist wieder mal mein Pech«, sagt Hymie, »daß ich nicht die nötigen paar Kröten habe, um auf ihn zu setzen. Er wird dieses Rennen von hier bis Timbuktu gewinnen, und zwar wird er deswegen so leicht gewinnen«, sagt Hymie, »weil der Boden gerade weich genug ist, daß sich seine wunden Füße schön und angenehm darin fühlen. Des weiteren«, sagt Hymie, »wird Mahagony denken, es ist Weihnachten, wenn er nach meinen hundertdreißig Pfund, die er zwei Wochen lang jeden Morgen zu schleppen hat, nur die neunzig Pfund von diesem Scroon auf dem Buckel spürt.

Nebenbei gesagt«, fügt Hymie hinzu, »wenn ich den Geldpreis nicht so dringend brauche, lasse ich ihn heute nicht laufen, sondern bewahre ihn für einen großen Wettcoup auf. Aber«, sagt er, »leider braucht Ruppy die fünf Hunderter dringend, und du weißt ja, wie nervös sie wird, wenn sie die fünf Hunderter nicht kriegt. Ich lasse Mahagony also laufen«, sagt Hymie, »aber es ist jammerschade.«

»Nun«, sage ich, »warum kriegst du nicht jemanden dazu rum, ihn auf deine Rechnung zu setzen?«

»Ach«, sagt Hymie, »ich versuche es nicht ein Mal, sondern mindestens fünfzig Mal. Aber alle sagen sie mir, ich bin wohl nicht ganz richtig, mir einzureden, daß Mahagony Pferde wie Lockenkopf und die übrigen schlagen kann. Also gut«, sagt er, »es wird ihnen schon noch früh genug leid tun. Nebenbei gesagt«, sagt er, »hast du in diesem Rennen eine Wette angelegt?«

Nun, ich will Hymie nicht damit weh tun, daß ich auf einen anderen setze, und daher erzähle ich ihm, daß ich in diesem Rennen überhaupt nicht wette, und wahrscheinlich denkt er sich, der Grund dafür ist, daß ich wahrscheinlich keine Moneten mehr zum Wetten habe, nachdem ich ihm den Zehner gebe. Aber er redet immer weiter auf mich ein, während wir zur Haupttribüne hinüberlaufen, und er kann über nichts anderes reden als darüber, was für Riesenpech es ist, daß er keine Marie zum Wetten auf Mahagony hat. Unterdessen haben die Pferde den Startpfosten erreicht, und wie wir so dastehen und uns die Pferdchen ansehen, redet Hymie immer weiter, und zwar halb zu mir und halb zu sich selber, aber egalweg so laut, daß ihn jeder hören kann.

»Ach«, sagt er, »ich bin der größte Pechvogel von der ganzen Welt. Hier ist nun ein Rennen«, sagt er, »wo mein Pferd mit fünfzig zu eins ein Geschenk des Himmels ist, und da stehe ich da ohne einen roten Heller zum Setzen. Ach ja, Armut ist wirklich eine schlimme Sache«, sagt Hymie. »Weißt du«, sagt er, »ich kann in diesem Rennen mein Leben auf Mahagony setzen, so sicher bin ich meiner Sache. Ich kann meinen letzten Anzug wetten, und wenn es drauf ankommt, jedes einzige Stückchen, das ich je im Leben zu besitzen hoffe. Mehr noch«, sagt er, »ich wette meine eigene treuliebende Gattin, so sicher bin ich meiner Sache.«

Natürlich ist das bloß das übliche Gerede, in das jeder Wettbruder verfällt, wenn er über die Chancen eines Pferdes außer Rand und Band ist, und ich höre solche Reden ungefähr eine Million Mal und höre schon gar nicht mehr hin, aber als Hymie die Bemerkung macht, daß er seine treuliebende Gattin wetten will, da erhebt sich hinter uns eine Stimme. »Gegen wieviel?« sagt die Stimme.

Natürlich sehen wir uns sofort um, und da sehen wir, daß die Stimme keinem anderen als Brick McCloskey gehört. Natürlich denke ich mir, daß Brick sich einen Ulk mit Hymie macht, aber Bricks Stimme ist kalt wie Eis, als er das Wort an Hymie richtet.

»Wieviel soll ich dir gegen deine Frau auf Sieg legen?« sagt er. »Ich höre dich davon reden, wie sicher du deiner Sache bist, daß der Klumpen Karnickelfleisch, den du im Rennen hast, gewinnen wird«, sagt Brick. »Nun zeig mal, wie sicher du bist. Meiner persönlichen Ansicht nach«, sagt Brick, »soll man dich dafür, daß du ein niedergebrochenes Hündchen wie Mahagony laufen läßt, von Gerichts wegen verfolgen, und zwar wegen Tierquälerei, und weiterhin«, sagt Brick, »glaube ich, man soll dich ins Verrücktenhaus sperren, wenn du wirklich denkst, daß dein Hundegreis auch nur die geringste Chance hat. Aber ich lege dir eine Wette«, sagt er. »Welchen Kurs soll ich dir gegen deine Frau Gemahlin legen?«

Nun, das sind wirklich allerhand scharfe Worte, und ich kann merken, daß Brick sich da etwas von der Leber schafft, was sich in diesem betreffenden Körperteil schon seit langer Zeit ansammelt. Wahrscheinlich versetzt er dem armen Hymie dieses Ding nur deswegen, weil er ihm Ruppy wegschnappt, und Brick McCloskey vermutet natürlich nicht, daß Hymie sein Angebot ernst nehmen wird. Doch Hymie nimmt es ernst.

»Du machst die Kurse«, sagt er. »Wie legst du sie mir?«

Nun, das ist wirklich eine höchst erstaunliche Antwort, wenn man bedenkt, daß Hymie fragt, was Brick ihm gegen Hymies treuliebende Gattin Ruppy legt, und ich bedaure es sehr, daß Hymie die Frage überhaupt stellt, und zwar um so mehr, als ich entdecke, daß niemand anders als Ruppy persönlich hinter uns steht und das ganze Gespräch mit anhört und ihr Gesicht schneeweiß wird, wenn sie nicht so sehr geschminkt ist, denn Ruppy gehört zu den Dämchen, die sich mächtig auf das Anmalen verlegen.

»Stimmt«, sagt Brick Mc Closkey, »ich mache die Kurse, und ich lege dir fünf Hunderter gegen deine Frau, daß deine Krampe nicht gewinnt«, sagt er.

Während Brick das sagt, sieht er Ruppy an, und Ruppy sieht Brick an, und wenn ein Kerl mein treuliebendes Eheweib so ansieht, lange ich ihm wahrscheinlich gleich eine, vorausgesetzt, daß ich ein treuliebendes Eheweib habe, und vielleicht lange ich auch ihr eine, wenn sie die Blicke von dem Kerl derart erwidert, aber natürlich hat Hymie in diesem Moment keinen Blick für Blicke, und genauer gesagt, sieht er Ruppy überhaupt noch nicht. Doch er antwortet Brick, ohne zu zögern.

»Gemacht«, sagt Hymie. »Fünfhundert Kröten gegen meine treuliebende Gattin Ruppy. Der Kurs ist so filzig und sieht dir ähnlich«, sagt er, »und wahrscheinlich kann ich einen besseren Kurs kriegen, wenn ich etwas mehr Zeit habe, mich umzusehen, aber wie die Dinge liegen«, sagt er, »ist es gefundenes Geld, und ich lasse dich so leicht nicht aus der Sache raus. Aber mach dich darauf gefaßt, mich nach dem Rennen in bar auszuzahlen, denn einen Wechsel nehme ich von dir nicht.«

Nun, ich höre von so mancher seltsamen Wette, aber niemals zuvor höre ich, daß jemand seine treuliebende Gattin verwettet, obwohl ich, um die volle Wahrheit zu sagen, auch niemals zuvor davon höre, daß jemandem die Chance gegeben wird, seine Ehefrau auf ein Rennen zu setzen. Wenn Buchmacher dazu übergehen werden, Ehefrauen regelmäßig als Wetteinsatz anzunehmen, dann werden, soviel mir bekannt ist, auf sämtlichen Rennplätzen allerhand Umsätze damit gemacht werden.

Doch ich kann sehen, daß Brick McCloskey und Hymie Banjo-Auge es todernst meinen, und in diesem Moment schlängelt sich Ruppy aus dem Hintergrund heran, und als Hymie sie sieht, spricht er zu ihr wie folgt:

»Hallo, Baby«, sagt Hymie. »In ein paar Minuten habe ich die fünf Hunderter für dich, und dazu noch weitere fünf Hunderter, denn ich finde gerade einen

Dummen. Du kannst gleich hier auf die Marie warten«, sagt Hymie.

»Nein«, sagt Ruppy, »ich bin viel zu nervös, um hier zu warten. Ich gehe an den Zaun da unten, um dein Pferd anzufeuern«, sagt sie, aber als sie schon im Weggehen ist, seh ich, wie sie wieder Blicke mit Brick austauscht.

Nun, plötzlich kriegt der Starter die Pferde schön in eine Reihe und läßt sie abgehen, und wie sie das erste Mal an den Tribünen vorbeibrausen, da liegt niemand anders als der olle Mahagony ganz vorn an der Spitze, und der schwachsinnige Scroon tritt ihm kräftig in die Seiten und schreit ihm wie wild etwas in die Ohren. Als sie die erste Wendung machen, hat Scroon ihn eine Länge in Front, und er bringt ihn eine weitere Länge vor, als sie in die Gegengerade einbiegen.

Nun, ich sehe mir die Rennen immer gern von einer Stelle oben auf dem Rasenplatz an, da ich am liebsten ganz allein bin, wenn ich bei einem spannenden Endspurt laut aufbrüllen will, und daher verlasse ich Hymie Banjo-Auge und Brick McCloskey, die sich noch immer anstarren, und gehe auf meinen gewohnten Platz, und wer steht da, auch ganz allein? Niemand anders als Ruppy. Und unterdessen sind die Pferde in die Gerade eingebogen, und Mahagony ist immer noch vorn an der Spitze, aber außen kommt etwas sehr Schnelles angerannt. Als sie die Gerade zur Hälfte herunter sind, sieht es ganz so aus, als ob Mahagony nicht schlecht in Schwierigkeiten ist, denn das Pferd außen fängt ihn ab und sieht ihm geradeaus ins Auge hinein, und dieses betreffende Pferd ist niemand andes als der Favorit Lockenkopf.

Sie rennen Kopf an Kopf, und soviel ich von meinem Platz aus sehen kann, läuft meiner persönlichen Ansicht nach Lockenkopf ein großes Rennen, und da höre ich plötzlich ein Dämchen laut aufschreien, und das Dämchen ist niemand anders als Ruppy, und die Worte, die sie herausschreit sind: »Reit ihn schnell nach Hause, Jockey!«

Außerdem knipst Ruppy beim Schreien ihre Finger wie Würfelspieler und läuft erst ein paar Meter vor und dreht sich dann wieder um, um ein paar Meter in der entgegengesetzten Richtung zurückzulaufen, und ich kann mit eigenen Augen sehen, daß Ruppy wirklich so nervös ist, wie Hymie mir gegenüber behauptet, obwohl ich bis dahin der Ansicht bin, daß das mit ihren Nerven nur großer Hokuspokus ist.

»Feste, feste!« schreit Ruppy von neuem. »Gib ihm die Zügel frei«, schreit sie. »Reite feste zu, mein Junge!« schreit sie. »Nun aber los, Frankie!«

Nun, ich möchte hier gleich feststellen, daß Ruppys Stimme vielleicht für ein Marktweib durchaus das geeignete ist, aber ich lege an keinem Tag der Woche Wert darauf, sie ihre Stimme in meiner Gegenwart aus irgendeinem Grunde benutzen zu hören, denn sie schreit so fürchterlich laut, daß ich ein Stück von ihr weggehe, damit mir das Trommelfell nicht platzt. Sie schreit immer noch, nachdem die Pferde schon das Zielhäuschen passieren, wobei die Nasenlöcher von Mahagony und Lockenkopf so dicht zusammen sind, daß kaum jemand weiß, wem eigentlich die vordersten Nasenlöcher gehören.

Genauer gesagt, dauert es eine ganze Weile, bevor die Nummern aufgezogen werden, und ich kann sehen, wie Ruppy dasteht und ihr Programm ganz zerknüllt in der Hand hält, während sie auf die Nummerntafel sieht, und ich kann merken, daß sie wirklich unter furchtbarem Nervendruck steht, und es tut mir schon wieder leid, daß ich da herumlaufe und denke, das mit ihren Nerven ist bloß Hokuspokus. Schließlich wird die Nummer 9 aufgezogen, und Nr. 9 ist niemand anders als der gute olle Mahagony, und daraufhin höre ich, wie Ruppy zu kreischen anfängt und plötzlich hintenüber in Ohnmacht fällt, und irgend jemand schleift sie unter die Haupttribüne, um dort Wiederbelebungsversuche vorzunehmen, und da sage ich mir, ihre Nerven müssen ganz nachgeben, und es tut mir mehr denn je leid, daß ich je so schlecht von ihr denken kann.

Es tut mir ebenfalls sehr, sehr leid, daß ich meinen Zehner nicht auf Mahagony setze, und zwar um so mehr, als ich auf der Tafel sehe, daß er 102 Dollar bringt, und ich sehe ein, wie recht Hymie Banjo-Auge mit dem Gewicht und allem übrigen hat, aber ich freue mich trotzdem, daß Hymie den Preis gewinnt und dazu noch die fünf Hunderter von Brick McCloskey und sich damit seine treuliebende Gattin erhält, denn ich rechne damit, daß er nun auch mir ein paar von meinen Kröten zurückzahlen wird.

Ich sehe Hymie und Brick und Ruppy erst nach dem letzten Rennen wieder, und da höre ich, wie unter der Tribüne eine Schlägerei im Gange ist, und als ich hingehe, um zu sehen, was los ist, da sehe ich, daß es nichts weiter als eine Schlägerei zwischen Hymie Banjo-Auge und Brick McCloskey ist. Anscheinend haut Hymie Brick ein Ding auf die Schnauze, das Brick glatt hinschmeißt, und weiter scheint es so, als ob Hymie Brick dieses Ding wegen einer Bemerkung gibt, die Brick Hymie gegenüber beim Auszahlen der fünf Hunderter macht.

»Es macht mir nichts aus, daß ich die Marie an dich verliere, Banjo-Auge«, sagt Brick, »aber ich könnte mich selber dafür totschlagen, daß ich dir einen so hohen Kurs lege. In all den Jahren meiner Praxis passiert es mir das erste Mal, daß ich einen zu hohen Kurs lege. Der angemessene Kurs gegen dein Täubchen von Frau«, sagt Brick, »ist ungefähr um zweieinhalb Dollar herum.«

Kurz und gut, als Brick, von Hymies Schlag getroffen, mit einer verbeulten Nase runtergeht und alles furchtbar aufgeregt ist, wer kommt da gerade aus der umstehenden Menge heraus und wirft ihre Arme um Hymie herum? Niemand anders als seine treuliebende Gattin Ruppy, und sie knallt ihm einen lauten Kuß mitten in die Visage, und dann redet sie wie folgt:

»Hymie, mein Liebling«, sagt sie, »ich höre alles mit an, was diese Großschnauze da über den Kurs sagt, und«, sagt sie, »es tut mir bloß von Herzen leid, daß du ihn nicht zum lebenslänglichen Krüppel machst. Jetzt weiß ich, daß ich dich und nur dich allein liebe, Hymie«, sagt sie, »und ich werde nie wieder einen andern lieben. Genauer gesagt«, sagt sie, »beweise ich dir meine Liebe dadurch, daß ich mir fast die Nerven ruiniere, weil ich Mahagony auf dem Nachhauseweg wie wild anfeuere. Ich fühle mich immer noch ganz schwach davon«, sagt sie, »aber ich bin schon wieder kräftig genug, um mit dir zu einem netten Abendessen ins Sunset-Hotel zu gehen, und bei dieser Gelegenheit kannst du mir dann gleich das Geld geben. Weiterhin«, sagt Ruppy, »finde ich es angebracht, daß du jetzt, wo wir etwas besser bei Kasse sind, eine andere Unterkunft für Mahagony suchst, denn es sieht nicht besonders nett für meinen Ehemann aus, mit einem Pferd zusammenzuwohnen.«

Auf dem Nachhauseweg komme ich zufällig am Jokkey-Pavillon vorbei, und als ich mir gerade so denke, wie nett es für Hymie sein wird, nicht länger mit Mahagony zusammenleben zu müssen, und wie wunderbar es ist, eine so ergebene und treuliebende Gattin wie Ruppy zu haben, die ihre armen Nerven riskiert, um das Pferd ihres Mannes anzufeuern, da treffe ich diesen schwachsinnigen Scroon, und zwar ist er schon wieder im Straßenanzug, und ich spreche ihn aus reiner Freundlichkeit an.

»Hallo, Frankie«, sage ich, »heute bist du wirklich prima geritten.«

»Wo kriegst du das mit dem ›Frankie‹ her«, fragt Scroon. »Ich heiße doch Gus.«

»Wenn du es sagst«, sage ich und mache mir schon allerlei Gedanken, »muß es ja stimmen, aber ist nicht heute nachmittag auch ein Jockey mit dem Vornamen Frankie mit dir im sechsten Rennen?«

»Stimmt«, sagt Scroon. »Frankie Madeley. Er reitet Lockenkopf, und in der Geraden mache ich Hackepeter aus ihm.«

Aber natürlich erwähne ich niemals in Hymies Gegenwart, daß meiner Ansicht nach seine treuliebende Gattin sich ihre Ohnmacht beim Anfeuern des Pferdes holt, dessen Sieg sie an Brick McCloskey ausliefert, denn, so sage ich mir, sie glaubt vielleicht wirklich, daß Scroons Vorname Frankie ist.

Tobias der Schreckliche

Eines Abends sitze ich in Mindy's Restaurant und stürze mich gerade herzhaft auf ein ungarisches Gulasch, was bei Mindy's ausgezeichnet ist, und zwar deswegen, weil der Küchenchef ein bißchen ungarisch ist, da kommt plötzlich eine Type herein, die ich nicht kenne, und setzt sich zu mir an den Tisch.

Zuerst beachte ich den Burschen überhaupt nicht, da ich gerade eifrig die Nennungen für die Rennen am nächsten Tage durchsehe, doch höre ich, wie er beim Kellner ein Gulasch bestellt. Kurz darauf höre ich, wie der Bursche seltsame Geräusche von sich gibt, und als ich über meine Zeitung zu ihm hinüberschiele, da sehe ich, daß er weint. Genauer gesagt, dicke Tränen rollen ihm das Gesicht herunter und fallen mit einem Plumps in das Gulasch.

Nun ist es keineswegs üblich, in Mindy's Restaurant Leute weinen zu sehen, obwohl Tausende von Figuren da hereinkommen, die am liebsten weinen möchten, besonders nach einem schlechten Tag beim Rennen, und ich sehe mir also den Jungen etwas näher an. Er ist klein, wahrscheinlich nicht größer als ein Meter sechzig, und wiegt ungefähr so viel, wie man für'n Groschen Leber kriegt, und quer über die Oberlippe hat er einen Schnurrbart, der wie ein Fliegenbart aussieht, und dazu hat er hellblondes Haar und einen traurigen Blick in den Augen.

Überdies ist er jung und trägt einen Anzug, der die Farbe von französischem Senf und schräge Taschen hat, und, wie mir schon bei seinem Hereinkommen auffällt, trägt er einen braunen Hut, der ihm fast im Gesicht sitzt. An dem traurigen Blick und speziell an dem Hut kann man erkennen, daß der Junge nicht in diese Gegend gehört.

Ich denke natürlich, daß seine Heulerei irgendein Trick ist. Offen gestanden taxiere ich, daß der Junge vielleicht versucht, mir den Preis seines ungarischen Gulaschs aus der Seele zu weinen, obgleich er wissen muß – falls er sich die Mühe macht, jemanden vorher zu fragen –, daß er lieber gleich versuchen soll, Henry Ford seine Autofabrik abzuweinen.

Doch der Junge spricht überhaupt nicht mit mir und vergießt weiter Tränen in sein Gulasch, und schließlich macht mich die Geschichte sehr neugierig, und ich spreche ihn an.

»Hören Sie mal zu, Freundchen«, sage ich, »wenn Sie etwa wegen des Gulaschs weinen, dann hören Sie lieber auf, bevor der Küchenchef es sieht, denn«, sage ich, »der Küchenchef ist sehr empfindlich mit seinem Gulasch, und er kann Ihre Tränen womöglich für eine abfällige Kritik halten.«

»Das Gulasch ist in Ordnung«, sagt der Junge mit einer Stimme, die ungefähr seiner Größe entspricht. »Nein, ich weine nicht wegen des Gulaschs. Ich weine, weil ich das Leben so traurig finde. Teurer Freund«, sagt der Junge, »sind Sie jemals verliebt?«

Nun, nach dieser Bemerkung weiß ich natürlich sofort, wo den Jungen der Schuh drückt. Wenn ich alle Tränen kriege, die am Broadway von verliebten Brüdern vergossen werden, dann habe ich genug Salzwasser, um einen Konkurrenz-Ozean zum Atlantischen und Pazifischen Ozean aufzumachen, und dann noch genug übrig, um den Großen Salzsee aus dem Geschäft zu stoßen. Aber ich möchte es hiermit klarmachen, daß ich persönlich niemals solche Tränen vergieße, weil ich mich bisher niemals verliebe und im übrigen, falls mir nicht irgendwas Dummes dazwischenkommt, mich auch niemals zu verlieben gedenke, denn meiner Ansicht nach ist Liebe ja doch bloß fauler Zauber, und ich sage etwas in diesem Sinne zu dem Jungen.

»Ach«, sagt er, »Sie werden nicht mehr so schlecht von der Liebe sprechen, wenn Sie Fräulein Deborah Weems kennen.«

Damit fängt er wieder wie verrückt zu heulen an, und sein Kummer ist so groß, daß es mir das Herz bricht, und ich möchte am liebsten mit ihm mitheulen, da ich nunmehr davon überzeugt bin, daß seine Tränen echt sind.

Schließlich läßt der Junge mit dem Weinen etwas nach und fängt an, sein Gulasch zu essen, und allmählich scheint er besserer Stimmung zu werden, und schließlich ist es eine wohlbekannte Tatsache, daß eine anständige Portion Gulasch bei Mindy's einen jeden in bessere Stimmung versetzt, auch wenn man sich noch so elend fühlt. Kurz darauf fängt der Junge an, zu mir zu reden, und ich kriege dabei heraus, daß er Tobias Tweeney heißt und aus einer Ortschaft in Pennsylvania kommt namens Erasmus oder so ähnlich.

Des weiteren denke ich mir, daß dieses Erasmus zwar keine große, aber auch keine unangenehme Stadt ist und daß Tobias Tweeney dort geboren wird, dort aufwächst und in seinem Leben niemals viel weiter herumkommt, obwohl er jetzt bald fünfundzwanzig ist.

Nun, Tobias Tweeney hat anscheinend eine ganz schöne Stellung als Verkäufer in einem Schuhgeschäft, und alles ist in bester Ordnung, bis er sich zufällig in ein Dämchen namens Fräulein Deborah Weems verliebt, deren Papa eine Tankstelle in Erasmus hat und ein äußerst prominenter Bürger des Ortes ist. Nach dem, was Tobias mir erzählt, vermute ich, daß dieses Fräulein Deborah Weems ihn ganz schön auf die Walze nimmt, was mir beweist, daß Dämchen in kleinen Städtchen auch nicht besser sind als am Broadway.

»Sie ist bildschön«, sagt Tobias Tweeney mit Bezug

auf Fräulein Deborah Weems. »Ich glaube nicht, daß ich ohne sie leben kann, aber«, sagt er, »Fräulein Deborah Weems will nichts mehr von mir wissen, weil sie wie verrückt von den Gangstern schwärmt, die sie im Kino in Erasmus sieht. Sie fragt mich«, fährt Tobias Tweeny fort, »wieso ich kein großer Gangster sein kann und hier und da ein paar Leute abknalle und Politikern und Polizisten die Wahrheit ins Gesicht sage, und überhaupt, wieso ich nicht so imposant und so romantisch wie Edward G. Robinson oder James Cagney oder George Raft aussehe. Aber«, sagt Tobias Tweeney, »ich bin natürlich nicht der Typ dafür, und überdies«, sagt er, »würde Wachtmeister Wendell so etwas in Erasmus unter keinen Umständen dulden.

Fräulein Deborah Weems behauptet also, daß ich nicht einmal den Mut eines Herings habe«, fährt Tobias fort, »und unterdessen treibt sie sich mit einem Burschen namens Joe Trivett herum, dem der ›Räucherladen‹ gehört und der Fusel für die Kerls im Hinterzimmer schmuggelt und steif und fest behauptet, daß Al Capone ihm einmal ›Guten Tag‹ sagt, obwohl er meiner Ansicht nach nichts weiter als ein ganz großer Angeber ist.«

Damit fängt Tobias Tweeney wieder zu heulen an, und er tut mir richtig leid, denn ich kann sehen, daß er ein freundlicher, harmloser Junge ist, der durchaus nicht daran gewöhnt ist, von einem Dämchen auf die Walze genommen zu werden, und so einer findet es beim ersten Mal immer besonders schlimm.

»Dieses Fräulein Deborah Weems«, sage ich entrüstet, »redet großen Blödsinn, denn heutzutage schneiden die großen Gangster am Ende immer schlecht ab, selbst im Kintopp. Wenn Sie es ganz genau wissen wollen«, sage ich, »dürfen sie im Film gar nicht anders abschneiden, sonst erlaubt es die Zensur nicht. Warum gehen Sie nicht einfach hin und schlagen diesem Knaben

Trivett eins über die Nase und sagen ihm, er soll sich gefälligst um seine eigenen Sachen kümmern?«

»Nun«, sagt Tobias, »der Grund dafür, daß ich ihm keins auf die Nase schlage, ist der, daß er den Einfall mit dem Auf-die-Nase-Schlagen als erster hat, und die Nase, auf die er einschlägt, ist keine andere als meine eigene. Überdies«, sagt Tobias, »blutet meine Nase von dem Schlag, und er sagt, daß er das gleiche wiederholen wird, falls ich Fräulein Deborah Weems weiter nachlaufe. Und«, sagt Tobias, »hauptsächlich deswegen, daß ich den Schlag nicht erwidere, weil mich das Stillen des Nasenblutens vollauf beschäftigt, sagt sich Fräulein Deborah Weems auf immer und ewig von mir los.

Sie erklärt, sie kann sich nicht mit einem Burschen abgeben, der so wenig Courage hat«, fährt Tobias fort, »aber«, sagt er, »da frage ich Sie nun, was kann ich wohl dafür, daß meine Mutter kurz vor meiner Geburt vor einem Kaninchen erschrickt und mich damit fürs ganze Leben zeichnet?

Ich reise also ab«, fährt Tobias fort. »Ich hebe meine Ersparnisse von zweihundert Dollar von der Bank in Erasmus ab und komme hierher in der Hoffnung, vielleicht Anschluß an einen großen Gangster oder sonstwelche zweifelhaften Herrschaften aus der Unterwelt zu finden, und dann will ich nach Erasmus zurückgehen und John Trivett zur lächerlichen Figur machen. Nebenbei gesagt«, sagt er, »kennen Sie zufällig prominente Gangster aus der Unterwelt?«

Nun, ich kenne natürlich keine solchen Leute, und selbst wenn ich solche kenne, hüte ich mich schwer, darüber zu sprechen, denn ein Fußtritt ist das einzige, was einem blüht, der öffentlich über solche Dinge spricht. Ich antworte also Tobias Tweeny mit Nein und erzähle ihm, daß ich selbst mehr oder weniger hier ein Fremder bin, und dann fragt er mich, ob ich ihm eine dieser Kaschemmen zeigen kann, wie er sie aus Filmen kennt.

Ich kenne natürlich kein solches Lokal, aber dann fällt mir Mitternacht-Charleys Laden drüben in der Siebenundvierzigsten Straße ein, und daß Charleys Geschäfte flau gehen, als ich das letzte Mal bei ihm bin, und hier habe ich vielleicht die Möglichkeit, sein Geschäft etwas zu beleben, denn schließlich kommen Burschen mit zwei Hundertern in der Tasche heutzutage nicht alle Tage vor.

Ich führe also Tobias Tweeney zu Mitternacht-Charleys Lokal hinüber, aber sowie wir hereinkommen, tut es mir schon wieder leid, denn wer ist da, wenn nicht ungefähr ein Dutzend Herrschaften aus verschiedenen Stadtteilen, und an keiner von diesen Herrschaften ist irgendwelcher Segen dran. Einige wie Harry das Roß und Ochsen-Angie kommen aus Brooklyn, drei sind aus Harley, einschließlich Klein-Mitzi und Teutonen-Schwartz, und einige müssen wohl aus der Bronx sein, denn ich erkenne Joe Upton, und Joe läßt sich niemals in der Öffentlichkeit sehen, ohne ein paar Kumpane aus seiner eigenen Nachbarschaft mit sich zu haben.

Hinterher erfahre ich, daß diese Herrschaften vorher eine geschäftliche Besprechung in einem Lokal nicht weit von Mitternacht-Charleys Laden haben, und als sie mit ihrer geschäftlichen Besprechung fertig sind, da gehen sie noch auf einen Sprung zu Charley, um ihm ein paar Komplimente zu machen, denn Charley stellt sich mit allen in der Stadt sehr gut. Sie sitzen also alle um einen Tisch herum, als Tobias Tweeney und ich hereinkommen, und ich grüße sie mit einem lauten Hallo, und sie grüßen mit einem lauten Hallo zurück und bitten mich und meinen Freund, an ihrem Tisch Platz zu nehmen, da sie anscheinend ihre gastfreundliche Strähne haben.

Ich nehme natürlich Platz, da es unklug ist, eine Einladung von solchen Herrschaften auszuschlagen, und ich gebe Tobias einen Wink, sich auch hinzusetzen, woraufhin ich Tobias allen am Tisch vorstelle, und dann heben wir alle am Tisch ein paar Schnäpse, und ich erkläre den Anwesenden etwas näher, wer Tobias ist und wie sein treu ergebenes Liebchen ihn auf die Walze nimmt und wie Joe Trivett ihm eines auf die Nase haut.

Da fängt Tobias wieder zu heulen an, denn keinem Unerfahrenen wird es beschieden, ein paar von Mitternacht-Charleys Schnäpsen zu trinken, ohne danach das große Heulen zu kriegen, selbst wenn es Charleys private Mischung ist, und alle haben gleich Mitleid mit Tobias, speziell Klein-Mitzi, der selbst gerade von einem Dämchen auf die Walze genommen wird. Mit einem Wort, Klein-Mitzi fängt unverzüglich auch zu heulen an.

»Großer Himmel«, sagt Joe Upton, »was ich da höre, ist wohl die gröbste Beleidigung, die mir bekannt ist, obwohl ich finde«, sagt er, »daß Sie sich wie ein richtiger Säugling benehmen, weil Sie diesem Trivett nicht eins wiederhauen. Aber wie dem auch sei«, sagt Joe, »wenn es meine Zeit erlaubt, fahre ich mit Ihnen in die Stadt, von der Sie sprechen, und mache dem Kerl die Hölle heiß. Außerdem«, sagt er, »werde ich diesem Fräulein Deborah Weems gehörig die Meinung sagen.«

Dann erzähle ich ihnen noch, daß Tobias Tweeney nach New York kommt, um hier vielleicht Anschluß an einige Herrschaften aus der Unterwelt zu finden, und alles hört sehr interessiert zu, woraufhin Ochsen-Angie das Wort ergreift.

»Ich frage mich«, sagt Angie, »ob wir vielleicht mit jemandem Fühlung nehmen können, der solche Herrschaften kennt und eine Verabredung für Herrn Tweeney machen kann, obwohl ich persönlich«, sagt Angie, »für solche Leute nichts als Abscheu und Verachtung habe.«

Angie ist mit seinen Ausführungen kaum zu Ende, da klopft es an die Tür, und es klopft so, wie nur Polizisten klopfen können, und jeder am Tisch springt auf. Mitternacht-Charley geht zur Tür und sieht ruhig durch sein Gucklock, und von draußen hören wir jemanden mit einer lauten, heiseren Stimme sprechen.

»Mach auf, Charley«, sagt die Stimme, »wir möchten uns deine Gäste mal etwas näher ansehen. Übrigens«, sagt die Stimme, »kannst du ihnen bestellen, es nicht durch die Hintertür zu versuchen, denn die haben wir versperrt.«

»Leutnant Harrigan ist mit seinen Leuten draußen«, sagt Charley, als er an den Tisch zurückkommt, wo wir alle stehen. »Irgendwer muß ihm flüstern, daß ihr heute abend hier seid, also«, sagt Charley, »wer von euch eine Schießstange bei sich hat, schnell her damit.«

Daraufhin tritt Joe Upton vor Tobias Tweeny hin, überreicht ihm einen großen Revolver und richtet das Wort an ihn.

»Hier, steck das Ding irgendwo an dich«, sagt Joe, »und dann setz dich wieder hin und rühr dich nicht. Die Blauen werden dich sicher in Ruhe lassen«, sagt Joe, »wenn du still dasitzt und dich um nichts anderes kümmerst, aber«, sagt Joe, »für jeden von uns ist es eine verdammte Sache, mit einer Schießstange gefaßt zu werden, besonders für diejenigen unter uns, die dem Staat noch ein paar Monate oder ein paar Jahre schulden, und«, sagt Joe, »ich erinnere mich dunkel, daß ich ein paar Jährchen schulde.«

Nun, was Joe da sagt, ist natürlich die volle Wahrheit, denn er ist nur auf Bewährungsfrist draußen, und auch einige der anderen Anwesenden laufen nur auf diese Art frei herum, und es ist eine sehr ernste Sache, wenn jemand, der auf Bewährungsfrist draußen ist, mit einem Revolver in der Tasche gefaßt wird. Es ist also eine sehr heikle und recht unangenehme Situation.

Nun, Tobias Tweeney ist nach ein paar Gläsern von Mitternacht-Charleys Stoff leicht beduselt, und er hat wahrscheinlich keine Ahnung davon, in was er sich da einläßt, und er nimmt also Joes Schießstange und steckt sie in seine Hosentasche. Da treten plötzlich auch Harry das Roß und Ochsen-Angie und Klein-Mitzi und die anderen vor ihn hin und überreichen ihm ihre Kanonen, und Tobias bringt es irgendwie fertig, sie alle zu verstauen und sich wieder hinzusetzen, bevor Charley die Tür aufmacht und die Gendarmen hereinläßt.

Inzwischen verteilen sich Joe Upton und die anderen Herrschaften auf die verschiedenen Tische, so daß an keinem Tisch mehr als drei sitzen, und Tobias Tweeney und ich sitzen allein an dem Tisch, an dem wir ursprünglich sitzen. Außerdem setzt jeder eine äußerst unschuldige Miene auf, und jeder tut so, als sei er überrascht über das Erscheinen der Polypen, die alle zu Harrigans Broadway-Kommando gehören und alles junge, robuste Kerle sind.

Ich kenne Harrigan vom Sehen und kenne auch die meisten seiner Leute, und ihnen allen ist bekannt, daß ich ungefähr so gefährlich bin wie ein zweijähriges Baby, und daher kümmern sie sich überhaupt nicht um mich noch um Tobias Tweeney, sondern gehen hinüber und lassen Joe Upton und Ochsen-Angie und die anderen Anwesenden aufstehen, um sie nach Waffen abzusuchen, denn diese Herren Polizisten lauern ja nur auf Persönlichkeiten wie diese, in der Hoffnung, sie mit Waffen an sich zu fassen.

Natürlich finden die Polypen bei keinem Waffen, denn die Schießstangen sind ja alle bei Tobias untergebracht, und keinem der Polypen wird es einfallen, bei Tobias Tweeney nach Waffen zu suchen, nachdem sie auch nur einen flüchtigen Blick auf ihn werfen, besonders nicht in diesem Augenblick, als Tobias von Mitternacht-Charleys Fusel schon halb eingeschlafen ist und überhaupt kein Interesse daran hat, was um ihn herum vorgeht. Mit anderen Worten, Tobias sitzt auf seinem Stuhl und macht ein Nickerchen.

Die Polypen sind natürlich höchst verärgert darüber, daß sie keine Schießstangen finden, und Ochsen-Angie und Joe Upton sagen ihnen, daß sie sich an ihren Stadtrat wenden werden, um sich zu erkundigen, ob es gestattet ist, ordnungsliebende Bürger einfach aufstehen zu lassen und einer Leibesvisitation zu unterziehen und sie in eine derart unwürdige Situation zu versetzen, aber die Polypen scheinen sich von solchen Drohungen nicht rühren zu lassen, und Leutnant Harrigan ergreift das Wort.

»Nun«, sagt er, »mir scheint, jemand führt mich an der Nase herum, aber«, sagt er, »bei euch falschen Fuffzigern kann man ja nie wissen.«

Natürlich ist das keine Art, zu solchen Persönlichkeiten derart zu sprechen, da jeder von ihnen in seinem betreffenden Stadtteil sehr prominent ist, aber Leutnant Harrigan ist ein Kerl, der sich selten darum schert, wie er zu jemandem spricht. Mit anderen Worten, Leutnant Harrigan ist ein sehr kaltblütiger Geselle.

Er ist gerade im Begriff, mit seinen Leuten das Lokal wieder zu verlassen, da kippt Tobias Tweeney auf seinem Stuhl etwas zu weit nach vorn über und fällt plötzlich lang hin auf den Boden, wobei ihm fünf Schießstangen aus den Taschen fallen und in allen Richtungen über den Boden rasseln, und das nächste ist, daß Tobias Tweeney verhaftet wird und jeder ihn bei einem anderen Körperteil packt.

Kurz und gut, am nächsten Tage sind alle Zeitungen voll mit der Verhaftung eines Burschen, den sie Zwölfer-Tweeney nennen, und wie sie schreiben, erklärt die Polizei, daß dies zweifellos der kaltblütigste Geselle ist, der je da ist, denn sie kennt zwar Kerle mit zwei und sogar drei Kanonen, hört aber niemals von einem, der gleich mit zwölf Revolvern herumläuft.

Die Polypen sagen, sie können aus seinem Benehmen schließen, daß Zwölfer-Tweeney ein verdammt blutdürstiger Geselle ist, denn er spricht überhaupt nicht und starrt sie immer bloß mit einem eisernen Blick in den Augen an, obwohl natürlich der wahre Grund, weshalb Tobias sie so anstarrt, der ist, daß er noch zu verdattert ist, als daß er etwas denken kann.

Ich nehme natürlich an, daß Tobias bei seiner bevorstehenden Vernehmung die ganze Geschichte todsicher aufplatzen läßt, und sämtliche Herrschaften, die bei seiner Verhaftung in Mitternacht-Charleys Lokal anwesend sind, haben dasselbe Gefühl und ziehen sich vorübergehend vom öffentlichen Leben zurück. Aber als Tobias merkt, was los ist und wieviel Beachtung man ihm da schenkt, da schwillt ihm der Kamm, und er beschließt, die Geschichte mit dem Zwölfer-Tweeney so lange wie möglich durchzuhalten, und dieser Beschluß kommt allen beteiligten Herrschaften sehr gelegen.

Am Tage, als Tobias wegen Verletzung des Sullivan-Gesetzes, was ein Gesetz gegen unerlaubtes Tragen von Schießstangen ist, vor Gericht erscheint, schlängele ich mich in den Gerichtshof von Richter Rascover hinein, und der Gerichtssaal ist gestopft voll von Neugierigen, die kaum darauf warten können, einen Zeitgenossen zu sehen, der so verworfen ist und gleich zwölf Schießstangen mit sich herumschleppt, und darunter sind eine Menge Dämchen, die sich förmlich um die Plätze schlagen, und viele von diesen Dämchen sind richtig große Klasse. Zahlreiche Reporter lungern herum und machen Aufnahmen von Zwölfer-Tweeney, als er, flankiert von zwei Polizisten und mit lauter Polizisten hinten und vorn, an Handschellen hereingeführt wird.

Doch alle sind sie höchst überrascht und etwas enttäuscht, als sie sehen, was für ein kleiner Wichtigtuer Tobias ist, und Richter Rascover sieht auf ihn hinunter und setzt dann seine Brille auf und sieht sich ihn noch einmal an, als ob er seinen Augen nicht trauen kann. Nachdem er sich Tobias eine Weile durch die Brille ansieht, schüttelt er den Kopf, als ob er vor einem Rätsel steht, und dann richtet er das Wort an Leutnant Harrigan.

»Wollen Sie dem Gericht etwa allen Ernstes erzählen«, daß diese halbe Portion hier der gefürchtete Zwölfer-Tweeney ist?«

Daraufhin sagt Leutnant Harrigan, daß dies vollkommen stimmt, und Richter Rascover fragt, wie und wo Tobias die ganzen Schießstangen herumträgt, und daraufhin sammelt Leutnant Harrigan von den über den Gerichtssaal verteilten Polizisten zwölf Revolver ein, entlädt sie und macht sich daran, sie möglichst an den gleichen Stellen zu verstauen, wo er sie zuerst findet, und Tobias hilft ihm freundlichst dabei.

Leutnant Harrigan steckt Tobias zwei Revolver in die Seitentasche der Jacke, je einen in die Hüfttasche, einen unter den Hosenriemen, je einen in die Hosentaschen, je einen in die Ärmel und einen in die Ärmelinnentasche der Jacke. Schließlich erklärt Leutnant Harrigan dem Gericht, daß er fertig ist und daß Tobias in jeder Hinsicht genau so ausstaffiert ist, wie sie ihn in Mitternacht-Charleys Lokal zu fassen kriegen, und daraufhin wendet sich Richter Rascover an Tobias.

»Kommen Sie etwas näher«, sagt Richter Rascover, »ich möchte mit eigenen Augen sehen, was für eine Sorte von Bösewicht Sie sind.«

Tobias macht also einen Schritt vorwärts, und ehe er sich's versieht, fällt er der Länge nach auf die Nase, und da erkenne ich sofort – auch ohne Charleys Fusel in Rechnung zu ziehen –, weshalb er bei Mitternacht-

Charley umkippt. Der Junge ist ganz einfach überlastet von all den Schießstangen.

Wie er hinfällt, herrscht natürlich große Verwirrung, und eine junge Puppe von beachtlicher Körperfülle schiebt sich schreiend und heulend durch die Menge im Gerichtssaal hindurch, und obwohl die Polizisten sie davon abzuhalten versuchen, dringt sie zu Tobias vor und kniet an seiner Seite nieder und richtet das Wort an ihn wie folgt:

»Toby, Liebling«, sagt sie, »hier bin ich, deine Deborah, die dich über alles liebt und niemals daran zweifelt, daß du dich als der größte aller Gangster entpuppen wirst. Sieh mich an, Tobias«, sagt sie, »und sag mir, daß du mich liebst. Wir haben ja alle keine Ahnung, was für ein Kerl du bist, bis wir gestern abend die New Yorker Zeitung in Erasmus kriegen, und da eile ich schnellstens zu dir. Küß mich, Toby«, sagt das füllige junge Dämchen, und Tobias richtet sich auf einem Ellbogen hoch und tut selbiges, was eine sehr nette Szene ergibt, obwohl die Polizisten sie auseinanderzureißen versuchen, da sie bei solchen Dingen keine Geduld haben.

Nun, Richter Rascover beobachtet die ganze Szene durch seine Brille, und Richter Rascover ist kein Trottel, sondern ein alter, mit allen Wassern gewaschener Fuchs, und er kann sehen, daß irgend etwas nicht stimmt mit dem furchterregenden Gangster, als den die Polizisten Tobias Tweeney hinstellen wollen, besonders als er sieht, daß Tobias für alles Geld in der Welt nicht fähig ist, die ganzen Schießstangen auf einmal zu schleppen.

Als die Polizisten schließlich die füllige Puppe von Tobias losreißen und Tobias um ein paar Kilo Schießstangen erleichtern, so daß er wieder auf den eigenen Stelzen stehen kann, da vertagt Richter Rascover die Verhandlung und läßt Tobias in sein Privatbüro kommen, um eine Aussprache mit ihm zu haben, und es ist anzunehmen, daß Tobias ihm die volle Wahrheit erzählt, und als nächstes wird bekannt, daß Tobias davongeht, frei wie ein Vöglein im Walde, abgesehen davon, daß das junge Dämchen sich wie eine Klette an ihn hakt, und so ist Tobias vielleicht doch nicht so frei, wie er denkt.

Da bleibt eigentlich nichts weiter von der Geschichte zu erzählen, abgesehen davon, daß es hinterher ziemlich erregt unter den Herrschaften hergeht, die dabei sind, als Tobias in Mitternacht-Charleys Laden beim Wickel genommen wird, denn anscheinend soll eine Konferenz, der sie alle beiwohnen, bevor sie in Charleys Laden kommen, eine Art Friedenskonferenz sein, und in solchen Fällen wird erwartet, daß zum Beweise des gegenseitigen Vertrauens keiner Waffen mitbringt, und daher sind sie sehr entrüstet, als es herauskommt, daß bei der Konferenz keiner zu keinem Vertrauen hat.

Danach höre ich nur noch einmal von Tobias Tweeney, und zwar ungefähr zwei Monate später, als Joe Upton und Klein-Mitzi gerade drüben in Pennsylvania sind, ganz in der Nähe einer Ortschaft namens Erasmus, um sich über eine günstige Gelegenheit in Alkoholgeschäften näher zu orientieren, und den netten Einfall haben, auf einen Sprung bei Tobias Tweeney vorbeizufahren und zu sehen, wie es ihm geht.

Nun, Tobias ist dick verheiratet mit Fräulein Deborah Weems, und es geht ihm erstklassig, denn die Stadt wählt ihn anscheinend zum Polizeiwachtmeister, da angenommen wird, daß ein Bursche mit einem so furchterregenden Ruf wie Tobias Tweeney das Zeug dazu hat, als Diener des Gesetzes jeden Übeltäter aus Erasmus fernzuhalten, und Tobias beginnt seine Amtstätigkeit damit, daß er seinen Nebenbuhler Joe Trivett aus der Stadt jagt.

Doch am Broadway wird Tobias Tweeney immer nur als undankbarer Geselle gelten, und zwar deswegen, weil er Joe Upton und Klein-Mitzi ins Stadtgefängnis sperrt und ihnen eine Geldstrafe von fünfzig Kröten pro Nase aufbrummt, und zwar wegen unerlaubten Waffentragens.

Damon Runyon, »wurde zwar in Manhattan geboren, aber im falschen, in Manhattan/Kansas, 1880, als das noch im Wilden Westen lag, und Viehtreiber, Zocker, Saloon-Huren und Kopfgeldjäger hatten – wenn schon sonst nichts – von den Indianern gelernt, im und für den Augenblick zu leben, weshalb sprachlicher Schnickschnack wie Imperfekt und Futur bei ihnen auf wenig Verständnis stieß, und darum sprachen auch wir als Pennäler jahrelang Runyonesisch im erzählenden Präsens: ›Als ich vorgestern in den Bürgerstuben Willy-das-Wiesel treffe, richte ich das Wort an ihn wie folgt...‹«(Harry Rowohlt)

HAFFMANS
KRIMINALROMANE

George Baxt
Mordfall für Noël Coward
Kriminalroman.

Susan Geason
Haifischfutter
Ein Syd-Fish-Krimi.

Damon Runyon
In Mindys Restaurant
Geschichten vom Broadway.

Walter Satterthwait
Eine Blume in der Wüste
Ein Joshua-Croft-Krimi.

Kim Newman
Der rote Baron
Horror-Roman.

Wolfgang Schweiger
Kein Job für eine Dame
Thriller.

Bob Leuci
Der Spitzel
Polizistenroman.

Claudia Zamek
Katzenjammer
Roman.

HAFFMANS VERLAG

Alle lesen Nackt
David Sedaris NACKT Deutsch von Harry Rowohlt

»Ein Überraschungserfolg! Absolut **hitverdächtig!**«
Aspekte / ZDF

»Sedaris erweist sich als **großes komisches Talent** – das kann man in Deutschland gut brauchen.«
Nürnberger Zeitung

»Übertrifft die Absonderlichkeiten eines John Irving, ähnelt eher den Kühnheiten eines Julian Barnes oder Stephen Fry und ist von **erlesener Seltenheit**.«
Frankfurter Neue Presse

»So weit ist der hier Pate stehende Philip Roth selten gegangen.« *Standard*

»Hinreißende Phantasie und präziser Witz ... sie machen diese autobiographischen Erzählungen zu einem Leseerlebnis.« *NDR*

»Scharf wie ein frisch gewetztes Messer und abenteuerlicher als jede Wildwasserfahrt.« *Brigitte*

»Sensationell.«
Kieler Nachrichten

»Ein Vergnügen.« *Die Woche*

»Ein Schelmenroman, **auf bestechende Weise geschrieben.**«
Frankfurter Rundschau

»Lese-Lust für Liebhaber saftiger Sarkasmen.«
Der Spiegel

»Das tiefste Geheimnis dieser Komik liegt in einer Menschenliebe, die sich verbirgt, um nicht rührselig zu werden.«
Die Welt

»Umwerfend komisch.«
Leipziger Volkszeitung

»Hier stimmt einfach **alles**.«
Münchner

HAFFMANS VERLAG